AF287961

„… dann geh doch nach Heidelberg!"

Schlaflos im Roten Ochsen

edition:pit elsasser

Autor, Gestaltung, Herausgeber:
© 2025 Pit Elsasser

Alle Fotos: Pit Elsasser, außer
Titelseite: Illu KI, R. Kolbas
S. 16 Rose Hill Cementery, Oxford
S. 60 Wikipedia (gf)
S. 64 Inge & Ich, Symbolbild
S. 123 Stadtarchiv Heidelberg

Verlag:
BoD · Books on Demand GmbH, Überseering 33,
22297 Hamburg, bod@bod.de
Druck: Libri Plureos GmbH, Friedensallee 273, 22763 Hamburg

ISBN: 978-3-8192-6599-0

Besonderer Dank geht an Familie Spengel,
an Marie-Rose Keller und Rade Kolbas für ihre Hilfe.

Bibliografische Information der Deutschen Nationalbibliothek:
Die Deutsche Nationalbibliothek verzeichnet diese Publikation in der
Deutschen Nationalbibliografie; detaillierte bibliografische Daten sind im
Internet über dnb.dnb.de abrufbar.

„... dann geh doch nach Heidelberg!"
Schlaflos im Roten Ochsen

Pit Elsasser

INHALTSVERZEICHNIS

Ode an meine Geburtsstadt Heidelberg

Blick vom Philosophenweg auf Heidelberg

An die Geliebte

An grüne Hügel sanft gebettet, trägst du ein Juwel am Dekolleté,
ein fürstlich Schloss sich an deinen Busen schmiegt.
Deine Hüfte vom Neckar, dem kühlenden Fluss, umspielt,
den es aus der Enge des Tales zur Ebene, zum Meer hinzieht.

Mit gespreizten Fingern fährst du dem wilden Kind
wie eine Mutter durchs wellige Haar, mit der Brücke noch geschwind.
Nur widerwillig lässt es das geschehen, denn die Welt lockt stärker,
stärker, als eine Mutterliebe es zu halten vermag.

Hey, du, Heidelberg, ich dreh' mich noch einmal nach dir um,
schau dir in die Augen, Ort meiner Geburt, meiner Kindheit Sturm.
Ich darf dich Mutter, aber auch Geliebte nennen.
Bist mir die wertvoll Schönste, will's vor aller Welt bekennen.

Aus deinem ewig jungen Schoß gebärst du wissensdurstge Eleven
auf der Suche nach Weisheit, nach Zukunft, nach Liebe und Leben.
Nein, kein leichtes Wesen bist du, sondern eine reife, schöne Frau,
eine zeitlose Schönheit, ein immerwährender Sommernachtstraum.

Raffgier und Macht haben dich einst mit Verwüstungen überzogen,
hast gelitten, erduldet, wurdest aus Trümmern neu geboren.
Dein betörender Charme hat dich zuletzt vor Bomben bewahrt.
Schaut auf diese Stadt, die weltoffene Fröhlichkeit und Würde hat.

Hey, du, Heidelberg, ich dreh' mich noch einmal nach dir um,
schau dir in die Augen, Ort meiner Sehnsucht und Erinnerung.
Liebe meines Lebens, ob jung oder alt oder grau ich jetzt bin,
bist mir von unschätzbarem Wert, meine ewig junge Begleiterin.

Ich singe dir, weil ich es dir nicht zärtlicher sagen kann,
meine schönsten Liebesschwüre sanft in dein geneigtes Ohr.
Du lächelst weise, siehst mich liebevoll an und denkst:
O, Menschenkind, o, Menschenkind, was bist du doch für ein Tor.

Hey, du, Heidelberg, ich dreh' mich noch einmal nach dir um.
Meine Liebesschwüre haben Generationen dir schon geschworen.
Die Weite deiner Liebe nimmt uns mit offenen Armen auf.
Mich träumt's durch deine Gassen, meines Lebens Lauf.

Hey, du, Heidelberg,
drehst du dich am Ende auch einmal nach mir um?
In Erinnerung? In Erinnerung!

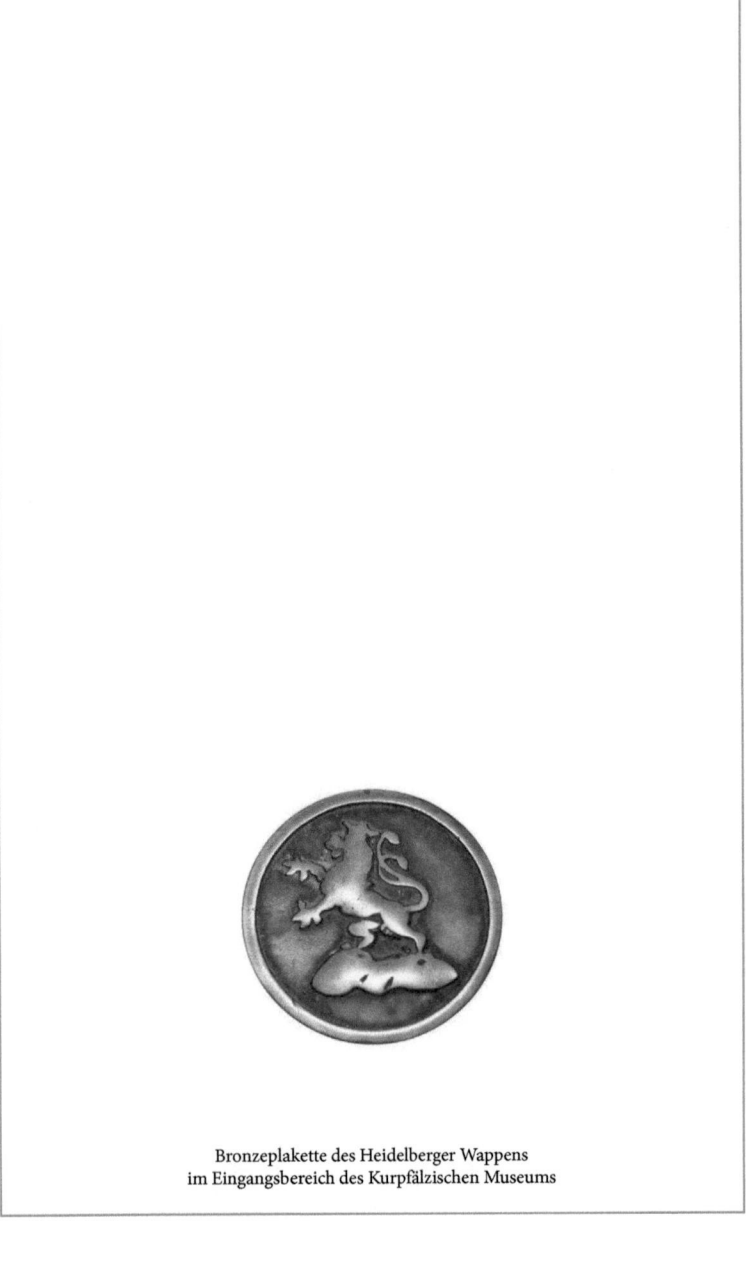

Bronzeplakette des Heidelberger Wappens
im Eingangsbereich des Kurpfälzischen Museums

Kapitel 1

Geheimnisse

Als der weiße Intercity in den Bereich des Heidelberger Hauptbahnhofs einfuhr, spürte er ein nervöses Flattern in der Magengegend. Die Vororte zogen am Fenster vorbei – vertraut und zugleich fremd – und lösten in ihm ein wirres Geflecht aus widersprüchlichen Gefühlen aus. Er war aufgestanden, weil ihn nichts mehr auf seinem Platz hielt. Ruckelnd fuhr der Zug über die Weichen. Sollte er nicht gleich wieder umkehren? Das hier war doch absurd. Kindisch! Ein Hirngespinst! Eine Idee, geboren aus Sehnsucht und Nostalgie – zu schön, um wahr zu sein. Solche Zufälle, wie er sie sich ausmalte, passierten in Kitschromanen oder Hollywoodfilmen, aber nicht im echten Leben. Und wenn doch – dann wäre es ein Wunder. Ein Wunder, das ihm seinen verloren geglaubten Glauben an eine höhere Kraft zurückgeben könnte.

Er erinnerte sich an eine ähnliche Hoffnung, viele Jahre zuvor. Damals, als junger Mann, beim berühmten Bootsrennen zwischen Oxford und Cambridge. Dort hatte er eine Studentin kennengelernt, sich mit ihr angeregt unterhalten – und sich prompt in sie verguckt. Sie hatte ihn in ihren Bann gezogen. Nach dem Rennen verloren sie sich im Trubel aus den Augen. Doch er war sicher: Das Schicksal würde sie wieder zusammenführen. Eine Woche später fuhr er nach Cambridge – in der festen Überzeugung, ihr wieder zu begegnen. Alles, was er wusste: Sie wohnte irgendwo in der Innenstadt und besaß einen großen weißen Hund, den sie dreimal täglich ausführte. Einen ganzen Tag lang irrte er durch die Straßen. Erfolglos. Am Abend musste er einsehen: Seine Hoffnung war nichts weiter als ein naiver Jugendtraum gewesen. Lächerlich – genau wie jetzt, bei der Einfahrt in den Heidelberger Bahnhof.

Als Sam McAllister einige Wochen zuvor den Rose Hill Cemetery in Oxford verließ, war er nicht mehr derselbe. Er hatte gerade seine geliebte Frau Murielle beerdigt, mit der er fast drei Jahrzehnte verheiratet war. Die Trauerfeier fand im kleinen Kreis statt. Ein seelischer Zusammenbruch war es, ein Moment, der alles zum Stillstand brachte.

Eigentlich hätte er nach Hause fahren sollen. Aber wo war „zu Hause" jetzt noch? Konnte er in das gemeinsame Heim zurückkehren, in die vertraute Umgebung, in der jeder Raum, jedes Möbelstück, jede Tasse an sie erinnerte? Oder wäre es besser, sofort in ein Hotel zu ziehen, das Haus auszuräumen, alles zu verkaufen und irgendwo in den einsamen Norden Schottlands zu verschwinden? Dort, wo niemand ihn kannte. Dort, wo das Leben sich zu Ende denken ließ. Doch dann fiel ihm ein: Er war erst 67. Noch nicht reif fürs Ende. Ehemaliger Kriminalkommissar, solide Pension – und wenn es das Schicksal gut meinte, lagen womöglich noch zehn, zwanzig Jahre vor ihm.

Ausgerechnet an diesem Morgen sprang sein alter Morris nicht an. Wahrscheinlich hatte er abends in seiner Zerstreutheit das Licht angelassen – und nun war die Batterie leer. Plus und Minus: getrennt, kraftlos, funktionsunfähig. War das nicht ein Sinnbild für seinen eigenen Zustand?

Vor dem Friedhof fasste ihn plötzlich jemand sanft unter den Arm. Eine weibliche Stimme fragte, ob sie ihn nach Hause bringen dürfe. Es war Winny, eine entferntere Nachbarin. Murielle hatte sich gut mit ihr verstanden. Winny hatte bemerkt, wie verloren er wirkte. Sam nickte abwesend. Für einen Moment verflogen seine Fluchtgedanken. Die vertraute Stimme eines mitfühlenden Menschen holte ihn zurück ins Hier und Jetzt. Sie bot ihm an, mit zu ihr zu kommen – damit er nicht allein sei. Doch Sam lehnte dankend ab. Sie ließ ihn vor seinem Haus aussteigen.

Er wusste, dass Winny ihn mochte. Seit dem Tod ihres Mannes vor drei Jahren war da etwas zwischen ihnen gewesen – unausgesprochen. Eine sanfte Fürsorge, ein fast mütterlicher Blick. Doch genau das konnte er jetzt nicht ertragen. Er ging schnellen Schrittes zu seinem Haus, öffnete die schmale Holztür, die er im letzten Jahr auf Murielles Wunsch in frischem Royalblau gestrichen hatte, und trat ein.

Im Haus lief er unruhig umher. Herumstehen, hinsetzen – unmöglich. Das Karussell in seinem Kopf drehte sich weiter. Er schenkte sich einen Whisky ein. Einfach, um etwas zu tun. Um den fahlen Geschmack der Leere im Mund durch einen kräftigen, lebendigen zu ersetzen.

Eigentlich hatte er sich auf diesen Moment vorbereiten können. Murielle lag über einen Monat im

Krankenhaus. Die Ärzte hatten ihnen früh alle Hoffnung genommen. Die letzten Behandlungen waren für sie eine Qual gewesen – körperlich wie seelisch. Sam spürte, dass der Tod für sie auch eine Erlösung sein würde. Und doch: Sich wirklich auf das Ende eines geliebten Menschen einzustellen – wie sollte das gehen? „Endgültig" war ein Wort, das er nicht greifen konnte. Unvorstellbar, so wie die Unendlichkeit des Weltalls.

Zuerst fühlte es sich an, als sei Muri – wie so oft – zu ihrer Schwester nach Birmingham gefahren. Sie tat das regelmäßig, manchmal zwei-, dreimal im Jahr. Nichts Ungewöhnliches. Doch diesmal war es anders. Diesmal war ihr Weggehen endgültig. Wie das Zuklappen eines Buches, das zu Ende gelesen ist. Was bleibt, ist Erinnerung – und die beginnt schon mit jedem neuen Tag zu verblassen.

Sie hatten keine Kinder. Sam und Murielle hätten gern welche gehabt. Nicht aus Pflichtgefühl, nicht wegen eines Stammhalters. Sam hätte gern eine Tochter gehabt – und Murielle war fest entschlossen, eine großartige Mädchenmama zu werden. Sie hatte Schneiderin gelernt und davon geträumt, einem Mädchen liebevoll Kleidchen nähen zu können. Doch es sollte nicht sein. Trotz aller Versuche, auch medizinischer. Irgendwann mussten sie es akzeptieren.

Sam ließ sich in seinen Sessel sinken, von dem aus er schräg gegenüber den von Murielle sehen konnte. Ihre festen Plätze. Ihr kleines Ritual. Von dort hatten sie gemeinsam auf den Fernseher geblickt – auf die Welt da draußen. Jetzt war da nur noch Leere.

Unvermittelt stand er auf, ging um den Couchtisch und setzte sich in Murielles drehbaren Ohrensessel mit dem Blumenmuster im Gobelinstil. Eigentlich mochte er diesen Platz nicht. Von hier aus konnte man nicht direkt in den Garten sehen. Er drehte sich hin und her, nahm neue Blickwinkel auf, sah das Wohnzimmer plötzlich mit anderen Augen.

Der eigene Schaukelstuhl – aus Rattan, mit einem Union-Jack-Kissen im Rücken – stand wie immer am Fenster. Ein Geschenk seines leider schon verstorbenen Bruders zum Fünfundsechzigsten, überreicht mit einem sarkastischen Lächeln: „Die Wiege deines Alters, mein Lieber!"

Sein Blick glitt über das dunkel gebeizte Buffet mit Glasaufsatz. Dahinter die kleinen Porzellanfiguren, die Murielle so liebte. Er nicht. Für ihn war das „Nippes". Weiter wanderte sein Blick über die weiße Wand zu den Fotos – wild gemixt, gerahmt in Gold, Schwarz oder Braun. Erinnerungen, die sie ohne System, aber mit Liebe an die Wand geheftet hatte.

Gerade als er den Blick abwenden wollte, um nach seinem Whiskyglas zu greifen, hielt er inne. Etwas irritierte ihn. Unter dem Sideboard, ganz hinten an der Wand, lugte ein flacher schwarzer Karton hervor – einer, den er dort noch nie bemerkt hatte.

Murielle war pedantisch, wenn es um Ordnung ging. Eine typische Putznärrin, wie er sie liebevoll nannte. Niemals hätte sie es zugelassen, dass unter einem Schrank, einem Sofa oder gar unter dem Bett irgendetwas abgestellt wurde. Sie hatte sich oft über ihre Schwester mokiert, bei der unter jedem

Der Weg aus dem Rose Hill Cemetery in Oxford

Möbelstück Dinge verstaut wurden, die zu regelrechten Staubreservaten mutierten. Wie also kam diese Schachtel dorthin? Und warum hatte Murielle sie nicht längst weggeräumt?

Langsam ließ er sich vom Sessel auf die Knie gleiten, vorsichtig, damit er sich nicht das Kreuz verrenkte – denn dann würde er ohne Hilfe nicht mehr hochkommen. Und seine Muri war nicht mehr da, um ihm aufzuhelfen. Der Gedanke daran traf ihn schmerzhaft.

Mit einem leisen Ächzen tastete er nach dem kleinen runden Tischchen neben dem Sessel – Murielles Platz – und griff nach dem dort stets griffbereiten Brieföffner. Das Öffnen der Post war immer ihr Ressort gewesen. Nun benutzte er das schlanke silberne Teil als verlängerten Arm, um die Schachtel unter dem Möbel hervorzuziehen. Mit Geduld und ein paar unbeholfenen Bewegungen bekam er sie schließlich zu fassen.

Der Karton war erstaunlich schwer – und, seltsamerweise, vollkommen staubfrei. Kein Krümel, kein Film, nichts. Also konnte er noch nicht lange dort gestanden haben. Unter leisem Stöhnen stemmte er sich mit einer Hand am Sessel hoch und ließ sich erschöpft auf das Polster sinken.

Dann hob er die Schachtel auf seine Oberschenkel. Einen Moment lang musste er verschnaufen. Das Kriechen am Boden war anstrengender gewesen, als er sich eingestehen wollte. „Du bist halt nicht mehr der Jüngste", hätte Murielle jetzt gelacht – ein liebevoller Spott, den er schmerzlich vermisste.

Kapitel 2

Der Brief

Er betrachtete die Box. Unvermittelt überkam ihn eine seltsame Ergriffenheit, die ihm einen Fröstelschauer über den Rücken jagte. Irgendetwas an dieser Entdeckung ließ ihn ahnen, dass sich hier etwas Unerwartetes, ja vielleicht sogar Unheimliches verbarg.

Er nahm einen Schluck Whisky – diesmal ganz bewusst, ließ ihn langsam über die Zunge gleiten, schmeckte den rauchigen Abgang mit der geübten Zunge eines Kenners. Der Highlander tat ihm gut. Erst danach fühlte er sich bereit, sich dem Inhalt der Schachtel zu stellen.

Behutsam hob er den Deckel. Der Kasten war randvoll mit alten Schwarz-Weiß-Fotografien – und er erkannte sie sofort. Es waren die, von ihm lange verschollen geglaubten Bilder aus seiner Studienzeit. Erinnerungen, von denen er dachte, sie seien damals beim Umzug ins neue Haus verloren gegangen.

Obenauf lag ein großes Kuvert, in Muris geschwungener Handschrift beschriftet:

Für dich, geliebter Sam, mein Allister.

Ein Schauer lief ihm über den Rücken. Erst eisig, dann heiß. Ein Brief von Murielle. In einem Karton mit alten Fotos. Versteckt unter dem Sideboard. Wie war das möglich? Warum war ihm die Schachtel nie aufgefallen? Sie musste doch schon seit Wochen dort gestanden haben!

Seine Hände zitterten, als er den Umschlag mit dem Brieföffner aufschneiden wollte. Die Hälfte war aufgeschlitzt, da hielt er plötzlich inne. Was stand in diesem Brief? Was wollte Murielle ihm noch mitteilen – etwas, das sie zu Lebzeiten nicht hatte sagen können? Hatten sie nicht alles miteinander besprochen? Hatten sie nicht immer offen und ehrlich miteinander gelebt? Gab es etwa doch Geheimnisse?

Ja. Eins zumindest. Auch er trug eines mit sich herum. Ein altes, kleines, das ihn bis heute nicht ganz losließ. Aus der Heidelberger Sturm- und Drangzeit bestimmte manchmal dieses *'Was wäre, wenn?'* seine Gedanken.

Als er vor Jahren dienstlich in Berlin war, hatte er versucht, es – heimlich, mit schlechtem Gewissen – wieder ins Bewusstsein zu rufen. Aber davon wusste Murielle ganz sicher nichts.

Als sie die Diagnose bekamen „UNHEILBAR", hatten sie alles gemeinsam geregelt. Es war schwer für ihn gewesen, das Unvermeidliche zu akzeptieren – dass sie gehen würde und er zurückbleiben müsste.

Murielle hatte stets alles geregelt: Briefe, Rechnungen, Bankgeschäfte – alles lag in ihren Händen, und sie hatte es jahrzehntelang souverän erledigt. Dafür kümmerte er sich um Haus, Auto, kleinere Handwerksarbeiten. Es war ihr stilles Arrangement.

Noch auf dem Krankenbett diktierte sie ihm einfache Rezepte: „Damit du nicht verhungerst." Sie lächelte dabei schon sehr geschwächt und blickte ihm mahnend in die Augen. „Iss mehr Obst und weniger Süßes. Denk an deinen Zucker und Blutdruck."

Er atmete tief durch, sammelte sich – dann schnitt er nervös den Rest des Kuverts auf. Mit feuchten Händen zog er mehrere hellblaue Blätter Luftpostpapier hervor, dicht beschrieben in blauer Tinte, durchzogen von tränengetränkten Flecken. Behutsam, fast zärtlich, entfaltete er sie – als könnte eine falsche Bewegung ihre Stimme für immer zum Verstummen bringen. Und dann begann er zu lesen – bebend, mit angehaltenem Atem und verschwommenem Blick.

Mein geliebter Sam,

wenn du diese Zeilen liest, werde ich wahrscheinlich nicht mehr sein. Meine ganze Hoffnung ist, dass du den Karton nicht vorher findest – aber ich werde – ja, dass du nicht so den Bl... hur ...onder-heiten in unserer Wohnung hast. Meine andere Sorge ist aber auch, dass du ihn zeitnah überhaupt nicht finden würdest, was sehr schade wäre. Wie auch immer, ich werde es nicht mehr erfahren.

Die Bilder in den Karton gehören dir. Es sind die Fotos aus deiner Studentenzeit in Heidelberg. Fotos, auf die ich mein Leben lang eifersüchtig war, da sie dich so glücklich – meistens mit einer jungen ...derschauen, blonden Frau an ...er Seite zeigen. Bilder, die eine Unbekümmertheit und Lebenslust ausstrahlen, die ich niemals erleben durfte. In unserer Familie war Geld vorhanden. So ma-chte ich eine Schneiderlehre bei Mrs. Rock-kannten. Wenn du mir nach unserem Ken-nenlernen begeistert von der Zeit in Heidel-berg erzähltest, spürte ich, wie ...

Das war aber alles lange, bevor wir uns

„Mein geliebter Sam,
wenn du diese Zeilen liest, werde ich wahrscheinlich
nicht mehr sein. Meine ganze Hoffnung ist, dass du den
Karton nicht vorher findest – aber ich weiß ja, dass du
nicht so den Blick für Besonderheiten in unserer Woh-
nung hast. Meine andere Sorge ist aber auch, dass du
ihn zeitnah überhaupt nicht finden würdest, was sehr
schade wäre. Wie auch immer, ich werde es nicht mehr
erfahren.

Die Bilder in dem Karton gehören dir. Es sind die Fo-
tos aus deiner Studentenzeit in Heidelberg. Fotos, auf
die ich mein Leben lang eifersüchtig war, da sie dich so
glücklich – meistens mit einer jungen, wunderschönen,
blonden Frau an deiner Seite zeigen. Bilder, die eine
Unbekümmertheit und Lebenslust ausstrahlen, die
ich niemals erleben durfte. In unserer Familie war für
ein Studium kein Geld vorhanden. So machte ich eine
Schneiderlehre bei Mrs. Rockwool.

Das war aber alles lange, bevor wir uns kannten. Wenn
du mir nach unserem Kennenlernen begeistert von der
Zeit in Heidelberg erzähltest, spürte ich, wie die Erleb-
nisse tief in deinem Herzen verankert waren. In mei-
nem Herzen jedoch verursachten sie jedes Mal einen
Stich. Sicher, du hast mir früher Bilder aus deiner Stu-
dienzeit gezeigt, aber da war nie diese Studentin abge-
bildet. Warum?

Während des Umzugs aus unserer kleinen Wohnung in
unser Häuschen entdeckte ich zufällig diesen Karton, in
dem du all diese Aufnahmen gesammelt und auf dem
Speicher vor mir versteckt hattest. Ich vermute, dass du

mir diese Fotos verheimlicht hast, um mich nicht zu verletzen oder gar eifersüchtig zu machen, was ja gelegentlich mein Problem war. Danke dafür. Denn als ich mir all die Bilder mit gemischten Gefühlen betrachtete, spürte ich dieses Brennen im Herzen, das einer Frau wehtut, wenn sie feststellt, dass da eine alte Liebe im Kopf ihres Partners noch Raum hat, die er vielleicht nie vergessen konnte oder wollte.

Jetzt, bei meiner „Lebensabschlussrunde", bin ich, ohne dein Wissen, noch einmal durch unser Haus gegangen, um dir nichts Unnötiges zu hinterlassen. Da fiel mir auch wieder dieser, dann von mir vor dir versteckte Karton unter den Dielenbrettern ein."

Sam musste absetzen. Er war ohne es zu merken immer tiefer in dem Sessel zusammengesunken. Außerdem war es schon dunkler geworden, sodass er die kleine Tischlampe anknipsen musste, um weiterlesen zu können. Zuvor nahm er jedoch noch einen kräftigen Schluck Whisky, der ihm brennend, aber belebend durch die Kehle lief und seine Gedanken neu ordnen könnte. Vielleicht.

„Als ich merkte, dass mit mir gesundheitlich etwas nicht stimmt und ich schließlich die niederschmetternde Diagnose bekam, war mir klar, dass ich das tun musste, was ich jetzt tue. Ich möchte dir noch eine späte Freude bereiten und mich bei dir für mein einziges Geheimnis vor dir entschuldigen. Aber ich glaube, wir sind damit jetzt quitt.

Du warst mir ein guter Mann, wir hatten eine schöne und gute Ehe, ich liebte dich und du mich. Auch wenn

im Alter diese Liebe zu einer lieb gewordenen Gewohn-
heit wurde, sie nicht mehr so aufregend, frisch, sehn-
suchtsvoll, fröhlich und unbeschwert wie am Anfang
war, dafür aber beständig, verlässlich und ohne jeden
Zweifel ihren festen Platz in unserem Dasein hatte.

Für die Freude, die ich dir jetzt noch schenken möchte,
habe ich von meinen Ersparnissen extra (schau in das
andere Kuvert) für dich einen Teil weggelegt.

Mein Wunsch ist nun, dass du dir die Fotos in Ruhe mit
einem Whisky in der Hand anschaust – wahrscheinlich
trinkst du gerade einen. Vielleicht steckst du dir auch
noch eine deiner miefigen Pfeifen an, die ich ja nie lei-
den konnte – sorry! Jetzt stört es mich nicht mehr! Nur
denk an deine Gesundheit!"

Allister hielt inne und dachte, dass er sich ja
wirklich eine Pfeife hätte anstecken können, ohne
dafür in den Garten gehen zu müssen. Nach kurzer
Überlegung verwarf er jedoch den Gedanken, nippte
erneut an seinem Whisky, um seine Aufnahmefähig-
keit neu zu ordnen, und las weiter:
„Lese die rückseitigen Notizen, die du auf die Fotos ge-
schrieben hast, die viel über dein damaliges Seelenle-
ben aussagen. Auf einem der Bilder sitzt du bei Nacht
ganz allein unter einer Straßenlaterne, die dich von
oben anstrahlt. Im Hintergrund sieht man schemenhaft
die Alte Brücke und das Schloss. Auf der Rückseite hast
du geschrieben:
„Schlaflos in Heidelberg – wo bist du, Lilian, ich sehne
mich nach dir, ich kann ohne dich nicht leben, melde
dich bitte. "

Und dann das andere mit eurem großen Versprechen auf einem halben Foto und einer Serviette des „Roten Ochsen":

„Zwei Hälften, die sich lieben, um eines Tages wieder ein Ganzes zu werden. In der letzten Woche in irgendeinem August, in irgendeinem Jahr im „Roten Ochsen" am Klavier, bei „As Time Goes By".

Ich weiß nicht, warum ihr euch getrennt oder aus den Augen verloren habt. Du hattest auf jeden Fall in dieser Stadt dein Herz an sie verloren und sie hat es dir vergoldet. Wer weiß, du suchst es vielleicht unbewusst noch heute.

Ich wünsche mir von Herzen, dass du mit dem angesparten Geld noch mal nach Heidelberg fährst. Dass du durch die Straßen und Gassen schlenderst, zum Schloss hinaufsteigst und in deine Lieblingskneipe, den „Roten Ochsen", einkehrst. Trinke auf mich dein geliebtes deutsches Bier und singe (du alter Mann) mit den jungen Studenten die alten Lieder, so wie auf den Fotos: frei, fröhlich und gelöst. Heute wäre ich gerne dabei, um das auch einmal zu erleben. Diese Stadt muss wunderschön, lebendig und voller Jugend sein. Leider haben wir es nie geschafft, sie zu besuchen. Andererseits habe ich es wahrscheinlich nicht gefördert, da ich Angst hatte, dass du, wenn auch nur im Geiste, deine frühe Liebe gesucht hättest.

Hier möchte ich mich noch bei dir für meinen Wutausbruch entschuldigen. Als du in unserer Kennenlernzeit (ich glaube, es war mein einziger richtiger Zornesaus-

bruch dir gegenüber) von Heidelberg so geschwärmt hast, als wäre es eine begehrenswerte Frau, und ich vor lauter Eifersucht dich anschrie: „... dann geh doch nach Heidelberg" und die Tür hinter mir zuwarf. Das muss der Anlass gewesen sein, dass du diese Bilder vor mir versteckt hast. Danke nachträglich!

Jetzt kannst du hinfahren. Ich stelle mir vor, du sitzt im „Roten Ochsen" neben deinem Pianisten, der die alten Lieder spielt, die du mitsingst und mit den Gästen aus aller Welt mitschunkelst. Egal, wie voll das Lokal ist, du hast immer die Tür im Auge und musterst jeden, der hereinkommt, vor allem natürlich die Frauen. Deine ganze Hoffnung ist, dass Lilian jetzt vielleicht auch alleine ist und genau die gleiche Sehnsucht nach dir hat wie du nach ihr. Ich stelle mir vor, wie das wirklich passiert, und sehe dein überraschtes Gesicht, wenn sie tatsächlich erscheint. Sollte ich von oben zuschauen können, würde ich mich für dich von ganzem Herzen freuen. Ich habe dich durch meinen Weggang freigegeben, weil ich dich liebe und dir noch eine schöne Zeit auf dieser Erde wünsche. Wenn wir uns dann hoffentlich da oben wiedersehen, kannst du mir bestimmt erzählen, wie es gelaufen ist. Denn eines weiß ich, dann wird es keinen Schmerz, keine Sorge und auch keine Eifersucht mehr geben, sondern nur noch reine unverfälschte Liebe.
Mein lieber Sam, das ist mein letzter Wille und letzte Willen soll man doch erfüllen. Also mach dich auf nach Heidelberg! Grüß mir diese Stadt, die dich, die du, so sehr geliebt hast (und auch Lilian, wenn du sie findest).

Deine dankbare Muri"

Völlig erschöpft und emotional aufgewühlt, ließ Sam die Briefblätter auf den Boden fallen. Unfähig, sich zu bewegen, unfähig zu denken. Am Ende seiner Kraft schlief er im Sessel seiner Muri ein.

Plötzlich gab es einen Knall. Er erwachte schlagartig. Der Karton mit den Bildern, den er immer noch auf dem Schoß hatte, war auf den Boden gefallen und hatte sämtliche Fotos über den Boden zerstreut. Er musste sich gewaltsam an das erinnern, was vorher gewesen war. Ja, da war dieser Karton, ein Brief seiner Frau, deren Wunsch an ihn und die Erkenntnis, dass Murielle mit weiblicher Intuition sein scheinbares Geheimnis längst kannte.

Er schüttelte seinen Kopf, als wollte er Ordnung in seine Gedanken bringen, was aber zur Folge hatte, dass nur noch mehr Unordnung entstand. Mühsam richtete er sich auf, beugte sich nach vorn, um die Bilder einzusammeln. Doch er kam nicht weit, denn als er einige ergriffen hatte und einen Blick darauf warf, kam er von den gelebten Erinnerungen nicht mehr los, sie zogen ihn neu in ihren Bann.

Die meisten Fotos hatte sein Kommilitone Paul, sein „Hoffotograf", wie er ihn scherzhaft nannte, geschossen. Der war ziemlich fotoverrückt und drückte ständig auf den Auslöser. Sein Vater hatte in Heidelberg am Bismarckplatz im „Darmstädter Hof" ein großes Fotogeschäft, sodass ihn die Filme und Abzüge nichts kosteten. Daher hatte er diese vielen Bilder, die meistens noch in Schwarz-Weiß waren.

Ausgerechnet die Aufnahme – es war der Augenblick, als er Lilian zum ersten Mal in der Mensa sah und seinen Blick nicht mehr von ihr wenden konnte – lag obenauf. Auf ihm sitzt sie, wie damals, vor ihm in ihrem weißen Hemdblusenkleid mit den großen schwarzen Punkten, das er später so an ihr liebte. Er konnte, auch jetzt auf dem Foto, die Augen nicht von ihr lassen. Dieser Anblick war, wie an jenem Tag auch heute noch, einfach nur magisch und füllte sein Herz, als ginge darin ein Licht auf.

Er erschrak über sich selbst, was diese Begegnung mit der Vergangenheit in ihm jetzt wieder auslösen konnte. Genau wie damals fühlte er sich gänzlich hilflos. Das gleiche Gefühl, die gleiche Sehnsucht, die gleiche Hoffnung stellten sich bei ihm wieder ein. Und Paul, der Meisterfotograf, fotografierte, fotografierte und fotografierte.

Nach einer geraumen Zeit stand sie mit ihrer Freundin auf, blickte ihn lächelnd an, hauchte ein freundliches „Salü" zu ihm herüber und verließ die Mensa, ohne sich noch einmal nach ihm umzudrehen.

Damals war es schick, sich immer französisch zu begrüßen und zu verabschieden. Es war die Zeit der französischen Chansons. Die Zeit von Jacques Brel, Édith Piaf, Yves Montand, Charles Aznavour oder Juliette Gréco. Die Zeit der ‚Chansons d'Amour'. Die Zeit der revoltierenden Jugend in ganz Europa.

„Ob sie ihn heute auch gern wiedersehen würde?" – der Gedanke schoss ihm durch den Kopf.

Wenn sie überhaupt noch lebte? Was war aus ihr geworden? Was für einen beruflichen Weg hat sie eingeschlagen? Hatte sie geheiratet? Kinder bekommen? Geschieden? Was machte sie in ihrer Freizeit? Wo lebte sie überhaupt? Vielleicht wieder in Berlin, wo ihre Mutter damals wohnte? Fragen über Fragen.

Er wusste selbst, dass all diese Gedanken zu nichts führen würden. Zu viel Zeit war vergangen.

Er war auch nicht mehr der, der er einmal gewesen war – das sportliche Aussehen war verblasst, die dunkelblonden Locken längst Geschichte.

Und sie? Wie war sie gealtert? Hatte sie noch ihr samtweiches, langes blondes Haar – oder war es inzwischen grau geworden, vielleicht widerspenstig, vom Leben gezeichnet?

Mit Sicherheit würden sie sich auf der Straße nicht erkennen. Wahrscheinlich gingen sie aneinander vorbei – wie zwei Fremde.

Oder ... konnte es so etwas wie ein Déjà-vu geben? So, wie sie es sich damals für ihn gewünscht hatte? Ein flüchtiger Moment, ein Blick, der alles zurückbringt?

Er blätterte weiter, versunken in den alten Fotos – Szenen aus einer unbeschwerten Zeit: Lilian, Heidelberg, Sommertage am Fluss, Lachen in Cafés, Diskussionen in überfüllten Hörsälen.

Dann fiel es ihm wieder ein. Er musste dieses letzte Foto finden.

Das eine Bild – aufgenommen von Paul, nur einen Tag vor ihrem Abschied. Das Bild, auf dessen Rückseite ihr gemeinsames Versprechen stand.

Und dann war da noch die Serviette aus dem „Roten Ochsen".

Auch darauf hatten sie es geschrieben – mit hastiger Schrift, aber viel Gefühl – fast wie ein Schwur zwischen zwei jungen Menschen, die sich nicht vorstellen konnten, wie weit das Leben sie einmal auseinander tragen würde.

Gelebte Leben – Feste, Begegnungen, Gespräche und Abschiede – wohin man schaut Vergangenheit

Kapitel 3

Küchengässchen

Allister hatte über ein Reisebüro eine einfache private Unterkunft in der Altstadt gesucht. Sie sollte ähnlich schlicht sein wie seine damalige Studentenbude – einfach, bezahlbar, zentral. Er wollte wieder mitten im Trubel der Altstadt wohnen, um lange Wege zu vermeiden. So wie früher. Und er suchte – und fand sie. Wieder in der schmalsten Gasse der Stadt, dem Küchengässchen. Damals hatte er nur ein paar Schritte weiter gelebt.

Vor dem Bahnhof stieg er in ein Taxi und versuchte, dem Fahrer, einem beleibten Mann mit hässlich grün-violettem Schal, zu erklären, wohin er wollte. Doch sein Deutsch war eingerostet, und der Kurpfälzer hinterm Steuer verstand ihn nicht:

„Bitte zum ‚Kuchengäschen‘."

„Des gibt's net in Heidelberg."

„Oh yes! Isch waren früher da."

„Kenn isch net."

„You speak Englisch?"

„E kloo little bit."

„The name is in English 'Kitchen Street'."

„Ach, Sie wolle in de Faule Pelz?", staunte er, „ja, waas, Sie wolle freiwillisch ins Gfängnis?"

Der Fahrer kreuzte die Hände über dem Lenkrad wie in Handschellen und simulierte dann mit gespreizten Fingern ein Gitter vor den Augen.

„Oh, no, no, not Bastille! Kitchen – for cooking!"

„Ach sou, you willsch ins Kichegässl?"

„Yes, yes – Kitchengässchen!" Dabei hielt er ihm nun endlich seine Reservierung vors Gesicht.

„Also, warum net glei so? Ab geht's!"

Allister war erleichtert, dass das Missverständnis geklärt war. Er nahm sich fest vor, sein Deutsch, das früher einmal richtig gut gewesen war, bald wieder aufzufrischen.

Auf der Fahrt in die Stadt konnte er sich kaum sattsehen. Vieles hatte sich verändert, aber je näher sie der Altstadt kamen, desto vertrauter wurde ihm alles. Der Fahrer ließ ihn schließlich an der belebten Hauptstraße, direkt am Eingang zum Küchengässchen, aussteigen. Allister blickte erstaunt um sich – damals fuhren hier noch Autos und Straßenbahnen in beide Richtungen. Jetzt war die Straße zur Fußgängerzone geworden.

Im Küchengässchen fand er rasch das schmale Haus, eingezwängt zwischen ebenso schmalen alten Häusern. Eine Frau öffnete: Frau Hagenau, das Abbild einer urdeutschen Hausfrau – Kittelschürze, Lockenwickler und ein prüfender Blick, der keinen Dreckfleck entgehen ließ. Sie zeigte ihm sein Zimmer. Zu seiner Überraschung sprach sie ein erstaunlich gutes Englisch, sodass die Verständigung sofort deutlich besser lief als mit dem Taxifahrer.

Er stellte seine Koffer ab, betrachtete den Raum und nickte zufrieden. Gegenüber seiner früheren Studentenbude war das hier purer Luxus. Dusche und

Die schmalste Gasse Heidelbergs - das Küchengässchen

Toilette im Zimmer – kein Vergleich zu damals, als man ein Stockwerk hinunter ins Treppenhaus musste.

Die Sehnsucht nach einem ersten Rundgang wurde übermächtig. Es zog ihn hinaus, direkt an den Neckar zur Alten Brücke. Hier kannte er sich aus, als wäre er nie fort gewesen. Er schlenderte durch die Untere Straße, vorbei an der Heiliggeistkirche, durch die Steingasse Richtung Brücke. Aus den Restaurants und Kneipen duftete es herrlich – nach Bier, Braten und allerlei Gewürzen. Ja, selbst die Souvenirläden schienen ihren ganz eigenen Duft zu verströmen: eine Mischung aus Holz, Leder, Papier und Touristenkitsch.

Die Tische vor den Lokalen waren gut besetzt. Stimmengewirr lag in der Luft, Sprachfetzen aus aller Welt vermischten sich mit dem Klimpern von Besteck und Gläsern. Es klang wie ein Konzert aus Klassik und Moderne – lebendig, inspirierend.

Ein Gefühl tiefer Befriedigung durchströmte Allister. Auf der Brücke blieb er stehen, atmete tief ein, hob den Blick zum Schloss – und hatte das Gefühl, gestern noch hier gestanden zu haben. Die Stadt berührte ihn erneut. Sie griff nach seinem Herzen, breitete ihre Flügel aus und schwebte über den Neckar und die grünen Hänge des Odenwaldes. Er war angekommen. Egal, wie seine Mission ausgehen würde – dieser Anblick, diese aufbrechenden Gefühle waren in diesem Moment mehr wert als alles andere auf der Welt. In ihrem Schlepptau flogen seine dankbaren Gedanken zu seiner geliebten Murielle, die ihm diese

Reise nach Heidelberg von Herzen gewünscht – und ermöglicht – hatte.

Frau Hagenau war nach dem Krieg mit einem GI aus Texas verlobt gewesen. Doch nachdem er mit seiner Truppe zurück in die USA musste, hörte sie nie wieder von ihm. Für sie war das eine tiefe Enttäuschung. Sie hatte von einem Leben in Amerika geträumt – ein kleines Häuschen, ein Auto, ein eigener Eisschrank. Ein sorgloses Leben in der Sonne.

„Der Schuft", sagte sie in entrüstetem Ton, „der hat mir meine ganzen Träume genommen. Meine Zukunft. Alles, was ich mir erhofft – und alles, was er mir versprochen hat."

In diesen wenigen Worten, beiläufig eingestreut in ein Gespräch beim Tee, lag die ganze Bitterkeit einer gescheiterten Hoffnung. Ein Bruch, den sie vielleicht nie ganz verwunden hatte.

Wenn Allister nicht gerade mit Frau Hagenau Deutsch übte, streifte er wie getrieben durch die Straßen und Gassen Heidelbergs – auf der Suche nach Erinnerungen. Orte, die geblieben waren wie einst, wechselten sich ab mit solchen, die sich kaum wiedererkennen ließen. Zu seinem Bedauern fand er auch das alte Fotogeschäft seines Studienfreundes Paul nicht mehr. Der „Darmstädter Hof", einst ein traditionsreiches Hotel, war inzwischen einem modernen Einkaufszentrum gewichen, und das kleine Fotogeschäft musste einem Kaufhaus Platz machen. Niemand war da, den er hätte fragen können, was aus Paul geworden war. Aber wer weiß – vielleicht begegneten sie sich ja zufällig wieder.

Die schönste Ruine der Welt, das Heidelberger Schloss

Oder er konnte bei der Polizei oder dem Einwohnermeldeamt nach einer Spur suchen. Diese Optionen wollte er sich offen halten.

Auf dem Rückweg kam er an der Anatomie der Universität vorbei. Auf dem Platz davor stand das große Bunsen-Denkmal in Bronze – eingerahmt von zwei Granitfiguren. Die eine symbolisierte die bereits entdeckten, vom Menschen beherrschten Wissenschaften, die andere stand für das noch Unbekannte, das Unerforschte.

Davor hatte sich ein Straßenkünstler auf eine Säule gestellt – als Weiß-Mime verkleidet, regungslos und doch lebendig. Mit kleinen, beinahe unsichtbaren Bewegungen überraschte er die Vorübergehenden. Er war das genaue Gegenteil der starren Granitgestalten hinter ihm und doch wieder ähnlich.

Diese Szene – die unter einem Tuch noch unentdeckten Wissenschaften im Hintergrund und der stille Mime im Vordergrund – traf Allister unerwartet tief. Sie zeigte ihm auf beklemmende Weise, wie seine Mission in dieser Stadt verlaufen könnte: starr oder lebendig, hoffnungsvoll oder hoffnungslos.

Am nächsten Morgen schlenderte er mit einem leichten Bauchgrimmen zum Karlsplatz. Er wollte nachsehen, ob es den „Roten Ochsen" noch gab. Er hatte den Besuch lange vor sich hergeschoben, aus Angst, das Gasthaus könnte verschwunden sein. Wenn es das nicht mehr gäbe – dann wäre seine ganze Reise, vielleicht sogar seine Mission, gescheitert.

Doch kaum hatte er den Platz erreicht, da strahlte sein Gesicht. Der „Rote Ochse" war noch da, ganz

Zwei Protagonisten auf der Hauptstraße vor der Anatomie

wie früher. Nur der Karlsplatz gegenüber war neu gestaltet worden. Euphorisch wollte er in das Lokal eintreten, aber das Gasthaus war noch geschlossen – zu früh am Tag. So setzte er seinen Spaziergang in Richtung Karlstor, durch die immer enger werdende Hauptstraße fort.

An der engsten Stelle machte die Straße einen scharfen Knick. Genau dort zweigte auf der gegenüberliegenden Seite die kleine Straße zum Friesenberg ab. Wie aus dem Nichts begannen Erinnerungen in ihm aufzubrechen – wie Blüten, die sich plötzlich öffnen. Bilder, Gedanken, Stimmen – all das, was die Jahre tief in seinem Inneren verschüttet hatten, wurde nun freigelegt. Fast wie ein Archäologe, der vorsichtig seine Funde freilegt, suchte er nach dem, was in seinem Gedächtnis vergraben lag.

Er war so in diesen Strudel aus Erinnerungen versunken, dass er das Hier und Jetzt aus den Augen verlor. Ein Schritt zu viel, ein Blick zu wenig – und alles hätte vorbei sein können. Seine ganze Mission, seine Reise, das Warum. Einfach ausgelöscht. Niemand hätte ihn vermisst. Niemand hätte gewusst, wer dieser Mann war, der dort gelegen hätte. Und was ihn ausgerechnet hierher geführt hatte.

Kapitel 4

Vermächtnis

Lilian musste damals in einer Nacht-und Nebel-Aktion ihr Studium abbrechen und nach Berlin zurückkehren, da ihre Mutter schwer erkrankt war und ihre Hilfe brauchte.

Am Abend vor ihrer Abreise bummelten sie, wie so oft, Hand in Hand durch die Hauptstraße. Dieses Mal jedoch mit einer schweren Last auf ihren Schultern. Keiner sprach etwas. Das turbulente Treiben um sie herum konnte sie nicht erreichen. Es lag Endzeitstimmung in der Luft. Untröstlich, traurig und unendlich endlich.

Automatisch führte sie der Weg zu ihrem „Roten Ochsen". Es war später Nachmittag und das Lokal war noch schwach besucht. Sie setzten sich an ihren Stammplatz beim Klavier, an dem sie heimlich zu später Stunde ihre Initialen in den Eichentisch geritzt hatten, und bestellten Rotwein. Dann legte er sanft seine Hand auf ihre, schaute sie an und schwieg. Kein Wort wollte seine Lippen verlassen. Ihre Lippen schwiegen ebenfalls. Die Augen füllten sich mit brennenden Tränen und trübten wie durch einen Schleier ihre Blicke.

Laszlo war heute schon früh da. Er unterhielt sich zunächst im Vorraum laut mit der beliebten Wirtin. Als er die beiden am Tisch neben seinem Klavier entdeckte, er kannte sie ja von vielen feuchtfröhlichen Abenden, kam er auf sie zu, schaute sie an und mutmaßte:

„Ihr beide seht heute gar nicht glücklich aus. Es scheint mir, als würde ein dunkler Schatten auf euch liegen."

Als er Tränen über Lilians Wangen laufen sah, sagte er: „Sorry, kann ich etwas für euch spielen, das euch aufmuntert?" Allister schaute ihn an, zögerte und sagte mit leicht bebender Stimme:

„Ja, du kannst etwas spielen, aber nicht zum Aufmuntern, sondern etwas, das unseren Schmerz noch unerträglicher macht, vielleicht wird es danach etwas leichter. Ja, ja, du weißt ‚Spiel's noch einmal, Sam'."

Das Gesicht des Pianisten hellte sich kurz auf, dann betrachtete er das Pärchen mit einem vielsagenden Blick. Er ging rüber zu seinen schwarzen und weißen Tasten, die in einem dunkelbraun gebeizten Klavierkorpus ihr Zuhause hatten. Ringe von abgestellten Wein- und Biergläsern verzierten das Möbelstück und zeugten von turbulenten, fröhlichen Feiern.

Er begann, das Lied aus McAllisters Lieblingsfilm „Casablanca" zu spielen und zu singen. Der Song „As Time Goes By" durchwehte den Gastraum des historischen Studentenlokals. Es waren die gleiche Stimmung, die gleiche Sehnsucht und Melancholie wie im Film. Man glaubte förmlich, die Anwesenheit von Ingrid Bergman und Humphrey Bogart zu spüren. Von Lilian und Sam unbemerkt, hatten sich andere Gäste um das Klavier versammelt und lauschten mit verklärten Augen dem Song, den viele kannten und leise mitsummen konnten.

Danach leitete Laszlo über in das unvermeidliche „Ich hab' mein Herz in Heidelberg verloren". Spätestens jetzt öffneten sich alle Schleusen. Den beiden Verliebten rannen unaufhaltsam Tränen über ihre

Wangen. Lilian ließ ihren Kopf auf Sams Schulter sinken und flüsterte ihm ins Ohr:

„Sollten wir uns jemals aus den Augen verlieren und das Bedürfnis verspüren, uns zu suchen, dann treffen wir uns hier, bei diesem Lied, in der letzten Woche im August, in irgendeinem Jahr, hier bei Laszlo am Klavier. Versprechen wir uns das für immer?"

Er versprach es und schrieb zweimal auf die Rückseite des letzten Bildes, das Paul am Tag zuvor vor dem Lokal von den beiden geschossen hatte:

„Zwei Hälften, die sich lieben, um eines Tages wieder ein Ganzes zu werden. In der letzten Woche in irgendeinem August, in irgendeinem Jahr im „Roten Ochsen" am Klavier, bei „As Time Goes By".

Er faltete das Bild und riss es vorsichtig in zwei gleiche Hälften und wickelte sie in eine Serviette ein.

„Für jeden eine Hälfte", murmelte er und legte ihr ihren Teil in die Hand. Die andere Hälfte steckte er in seine Brusttasche und ließ liebevoll seine Hand auf der Seite seines Herzens liegen.

Als Lilian aufstand und den Raum verließ, um sich frisch zu machen, zog er schnell sein kleines Taschenmesser aus der Tasche. Er suchte auf der Holzwand, die übersät war mit Bildern und Schnitzereien berühmter und weniger berühmter Menschen, eine leere Stelle und schnitzte die Worte ‚Lilian & Sam' in das Holz der Wandverkleidung. Zum Datum kam er nicht mehr, da Lilian zurückkam.

An diesem Abend wurde es im „Roten Ochsen" sehr spät. Als endlich die Vernunft die Oberhand gewann, den Abend zu beenden, da am nächsten Morgen in der Frühe die Bahn fuhr, bummelten sie eng umschlungen Richtung Alte Brücke. Beim Überqueren des Marktplatzes murmelte Allister am Herkules-Brunnen zu dem auf der Säule stehenden, in martialischer Pose in Sandstein gehauenen Herkules hoch:

„Na, du alter Haudegen, bist mit deiner Keule wohl auch am Ende deiner Weisheit und kannst nicht helfen."

Lilian wollte an ihrem letzten Abend an der Grabengasse zur Alten Brücke abbiegen, aber Allister schob sie sanft weiter zur Unteren Straße, Richtung Küchengässschen – und Lilian ließ es ohne Widerstand geschehen.

Es war strengstens verboten, Damenbesuche in die Studentenbuden mitzunehmen, aber das scherte Allister heute nicht. Die beiden schlichen sich grinsend die knarrenden Stufen hoch, und zwar so, dass sie immer gleichzeitig mit demselben Fuß auftraten, um den Eindruck zu erwecken, es handle sich nur um eine einzige Person, die die Treppe hochschleicht.

Es wurde die Nacht der Nächte. Was sie noch nicht ahnten: Es war der letzte Abend. Ein Abschied für immer. Zwei Leben, die sich berührt hatten – nun trennten sie sich leise, aber endgültig.

Am nächsten Vormittag begleitete Allister seine Lilian zum Hauptbahnhof. Sie schenkte ihm einen flüchtigen Kuss und eine kurze Umarmung. Heimlich schob er ihr noch einen „Studentenkuss" in die Jackentasche – gekauft im Café Knösel. Sie stieg in den Zug, ohne sich noch einmal umzudrehen. Sie hasste Abschiede. Doch dann, als der Zug sich in Bewegung setzte, riss sie plötzlich das Fenster auf und rief:

„Sam! Sag noch einmal Krumme Lanke – und ruf meinen Namen!"

Er rief – mit brüchiger Stimme, in seinem englischen Akzent, gegen das Kreischen des Metalls:

„Krumme Lanke – Lilian – Krumme Lanke Lil …!"
Seine Stimme brach ab. Er winkte den Waggons
hinterher, bis seine Arme schwer wurden. Als die Stille den Bahnsteig zurückeroberte, floh er – um nicht
im Meer seiner Tränen zu ertrinken.

Jetzt, Jahrzehnte später, hielt er wieder das Foto
mit dem Versprechen in der Hand. Es fühlte sich an,
als hätte er es eben erst gegeben. Der Gedanke, es einzulösen, ließ ihn nicht mehr los. So verrückt, so unmöglich – und doch …?
Murielle. Seine Muri. Sie wusste es. Noch vor ihrem Tod hatte sie geahnt, was in ihm vielleicht weiterlebte. Sie wollte ihm diesen Weg nicht versperren,
sondern freimachen. Nicht aus Gleichgültigkeit, sondern aus Liebe. Er sollte den Rest seines Lebens noch
genießen können und nachträglich nicht an sie gefesselt sein.

Meisterhafte Bildhauerarbeit am Eingang zur Universitätsbibliothek

Stille Straßen, leere Gassen – Sonntagmorgen, allein in Heidelberg

Eine alte Liebe, eine neue Freiheit – beide stritten in seiner Brust. Vielleicht aber konnten sie miteinander bestehen. Murielles Stimme klang in seinem Herzen:

„Geh deinen Weg. Ohne Reue."

„Aber heute ist erst mal heute", murmelte er. „Was morgen sein wird – wer weiß das schon?" Er hob sein Glas, blickte zu Murielles Bild und prostete ihr stumm zu.

Die Nacht danach war ein Karussell der Erinnerungen. Aufwühlende Bilder, wirbelnd und kaum zu bremsen. Vor dem Schlafengehen hatte er sich alle Fotos aus seiner kleinen Schatztruhe noch einmal angesehen. Jedes einzelne gedreht, auf der Rückseite nach Worten gesucht.

Was war das für eine Zeit gewesen!

Heidelberg – diese Hochburg der Wissenschaften, ein Schmelztiegel der Nationen und Ideen. Und dann diese Lage – zwischen Odenwald und Rheinebene, als hätte die Natur selbst Regie geführt. Kriege hatten in früheren Zeiten vieles zerstört – und doch war aus Ruinen Romantik gewachsen.

Das fürstliche Schloss – die schönste Ruine der Welt. Die Stadt – eine Bühne für Träume, eine Wiege der Erinnerung.

Die Hauptstraße – voller Leben, voller Geschichten. Mit Straßenbahnen und Autos, Kinos und Cafés, Eisdielen und Tabakläden, in denen er seine Pfeifen kaufte. Der Jazzkeller Cave 54, das große Theater, das Zimmertheater – Orte, an denen Sehnsucht einen Klang bekam.

Doch er liebte auch die vollkommene Ruhe, wenn er am Sonntagmorgen früh durch die Straßen und Gassen lief, die am Tag so lebendig waren. Dann gehörte die Stadt ihm ganz allein. Dann war er mit seiner Geliebten im Einklang – und mit sich selbst. Solche Momente werden nicht geteilt. Sie werden alleine gelebt.

Alles war einmalig in dieser Stadt. Und doch nur eine Kulisse für das eine große Drama, das jeder nur einmal spielt: das eigene Leben – ein Ausweg nach innen zu sich selbst.

Und vielleicht, nur vielleicht, war es noch nicht ganz zu Ende erzählt. Vielleicht hielt das Leben noch ganz andere Überraschungen bereit.

Stille Beobachterin in der Plöck

Kapitel 5

Das Halstuch

Damals, zwei Tage nach ihrer ersten Begegnung in der Mensa, liefen sie sich zufällig in der Altstadt am Herkulesbrunnen über den Weg. Sie trug wieder das weiße Hemdblusenkleid mit Glockenrock und den auffälligen schwarzen Punkten. Er war regelrecht geblendet von ihrer natürlichen Schönheit. Sein Herz machte Luftsprünge.

Sie setzten sich auf die Stufen des Brunnens und redeten – und redeten. Irgendwann standen sie auf. Es war bereits dämmrig geworden. Gemeinsam bummelten sie in Richtung Karlstor. Als sie an der Straße zum Friesenberg vorbeikamen, nahm Sam ihre Hand und zog sie sanft den Weg hinauf, bis dieser schließlich nur noch als schmaler Pfad ins Friesental weiterführte – hinauf zum hoch gelegenen Schloss. Der Anstieg war steil, der Weg anstrengend. Und als er plötzlich bemerkte, dass er immer noch ihre Hand in seiner hielt, durchströmte ihn eine heiße Welle.

Kurz vor dem Schlossgarten bog ein schmaler Weg nach links ab. Sie standen nun am Fuße der mächtigen Stützmauer der Scheffelterrasse – errichtet aus rotem Sandstein, mit ihren hohen, tief liegenden Rundbögen. In jedem dieser acht Bögen standen eine oder zwei Bänke. Zu dieser Stunde, wenn die Touristen längst wieder in den Hotels und Restaurants verschwunden waren, saßen dort meist nur noch Pärchen oder einzelne Träumer, die diese Stille in den Abendstunden genießen wollten.

Die Aussicht von hier war atemberaubend: der Blick auf das Schloss, über die Altstadt, den Neckar hinauf zum Heiligenberg – und weit hinaus über die Rheinebene bis zu den Pfälzer Bergen. Erst im vierten Bogen fanden sie eine freie Bank, die sie erleichtert einnahmen. Beide sehnten sich nach einem Moment der Ruhe. Nach Nähe. Nach Ungestörtheit. Beide spürten diese überwältigende Vertrautheit, als würden sich ihre Seelen längst kennen.

Vom Aufstieg war ihnen warm geworden. Lilian löste ihren Seidenschal und ließ ihn auf die Bank gleiten. Sam legte zögerlich seinen Arm um ihre Schultern – und ebenso vorsichtig schmiegte sie sich an ihn. Eine Weile saßen sie schweigend da, die Lichter der Stadt zu ihren Füßen.

Dann begannen sie leise zu sprechen – fast flüsternd. Sie erzählten von ihren Träumen, ihren Hoffnungen, vom Studium, von ihren Familien und von Gott und der Welt. Die Zeit verging wie im Flug. Sie hatten jedes Gefühl für Raum und Zeit verloren.

Plötzlich, wie aus einem Traum erwachend, fragte Lilian, wie spät es sei.

Sam sah widerwillig auf seine Uhr.

„Gleich Viertel vor zwölf", murmelte er.

„Oh Gott! Ich muss um zwölf im Studentenwohnheim auf der anderen Neckarseite sein – sonst muss ich den Nachtwächter herausklingeln, das gibt Ärger!"

Mit einem Schlag war die Stimmung dahin – als wäre ein Glas zerbrochen, in tausend Splitter zerschellt. Sie sprangen auf und rannten den Friesenberg hinunter, durchquerten die Altstadt, hasteten über die Alte Brücke, völlig außer Atem, bis zur Neuenheimer Landstraße. Zwei Minuten vor zwölf standen sie

Auf der Terrasse hoch gewölbten Bogen – War eine Zeit sein Kommen und sein Gehn (Marianne v. Willemer)

vor dem Wohnheim. Ein flüchtiger Wangenkuss, ein kurzer tiefer Blick in die Augen. Hastiger Abschied. Lilian war schon fast an der Tür, da rief Sam ihr hinterher:

„Wo hast du eigentlich deinen Schal?"

Sie drehte sich erschrocken um.

„Oh Schreck – den hab ich auf der Bank liegen lassen! Das ist ein echter Hermès-Seidenschal, ein Geschenk meiner Mutter zum Ersten Staatsexamen – wenn der verl …"

„Geh du nur", unterbrach Sam sie großmütig. „Ich werde ihn zurückholen. Gute Nacht. Und träum was Schönes. Bis morgen, Lilian."

Er drehte sich um und ging beschwingt zurück. Auf der Brücke blieb er kurz stehen und schaute hinauf zum Schloss. Sein Blick wanderte über die markante Scheffelterrasse mit ihren Bögen und Stützen. Dort oben – da hatte er gerade wundervolle Stunden verbracht.

Also stieg er, ganz allein, noch einmal in die immer dunkler werdende Nacht den Friesenberg hinauf.

Es war dunkel – stockdunkel. Jeder Schritt fiel schwerer als der vorherige. Vorbei an der fensterlosen Kasematte, die in der Nacht wirkte wie ein schlafendes Ungeheuer – bereit, jederzeit zu erwachen und das Schloss zu verteidigen.

Schweißgebadet suchte er nach dem Schal. Bei jedem Geräusch zuckte er zusammen. Seine Nervosität machte ihn blind. Die gigantischen Steinquader bedrohten ihn. Er gab auf. „Morgen komme ich wieder."

Die Bank vor den mächtigen Sandsteinquatern der Scheffelterrasse, die das Halstuch bewahrte

Am nächsten Tag machte er sich sehr früh auf den Weg. Ein feiner Nebel lag über der Stadt und dem Neckartal, doch es war hell genug, um sich zurechtzufinden. Zielsicher fand er den richtigen Bogen – ihren Bogen. Und da lag er: der Schal, unter der Bank. Wahrscheinlich hatte er in der Nacht einfach im falschen Bogen gesucht.

Er setzte sich einen Moment hin. Atmete tief durch. Im Tageslicht wirkten die Stützbögen wie das Kirchenschiff einer Kathedrale. Als sich der Nebel langsam zu lichten begann, beschloss er, über den Schlosshof auf den Altan zu gehen. Vielleicht konnte er noch einen dieser seltenen Blicke auf die Stadt erhaschen – ganz für sich allein, denn es waren noch keine Touristen unterwegs.

Und dann sah er etwas, das ihn den Atem anhalten ließ. Etwas, das er nicht so erwartet hatte.

Durch den Torbogen des Friedrichsbaus trat er auf den Altan. Vor ihm lag die Stadt – verborgen unter einem weißen Nebelmeer. Nur die beiden Türme der Heiliggeist- und der Jesuitenkirche ragten aus der weichen Watte hervor. Der Rest war versunken.

Ein Bild für die Ewigkeit. Ein lebendiges Gemälde. Ein Déjà-vu – William Turner. Er fühlte sich, als stünde er mitten in einem der romantischen Nebelbilder, wie sie der englische Maler einst geschaffen hatte. Turner, dessen zarte, geheimnisvolle Werke er so bewundert hatte – schon damals, als er sich für Kunst interessiert, im Kurpfälzischen Museum in der Hauptstraße die Werke anschaute.

Ergriffen dachte Sam: Das ist ein Zeichen. Ein Zeichen für seine Liebe zu dieser Stadt. Und für die

Déjà-vu mit dem englischen Maler William Turner auf dem Altan über der Stadt

Begegnung mit Lilian. Dabei drückte er das seidig-weiche Tuch in seiner Jackentasche. Und versank ins Träumen. Mit diesem Tuch hatte er nun ein Faustpfand in Händen. Einen Vorwand, Lilian heute wiederzusehen. Er durfte sich ihrer Dankbarkeit sicher sein.

Ein leises Lächeln spielte auf seinen Lippen. Die Stadt lag still im Nebel, doch sein Herz war hell und weit. Die Weite ihrer Liebe nahm ihn sanft auf.

Dann ging er durch den Wehrgang, unter dem Altan hindurch, hinab in die Stadt – und aus der Dunkelheit trat er zurück ins Licht, zurück ins reale Leben.

All diese intensiven Erinnerungen von damals liefen ihm in diesem Moment, als er am Friesenberg stand, wie ein Film vor dem inneren Auge ab – gestochen scharf, so lebendig, als fände alles gerade jetzt statt. Sie waren so präsent, dass er plötzlich, ohne jeden bewussten Impuls, an der scharfen Ecke vor der Herrenmühle die Straße überqueren wollte – ohne auf den Verkehr zu achten.

In genau dieser Sekunde: quietschende Reifen, kreischende Bremsen, aufheulendes Hupen, ein gellender Schrei:

„HALT!" rief eine Stimme – und riss ihn von hinten zurück auf den Gehweg.

Allister taumelte, geriet ins Straucheln. Noch völlig im Schock begriff er nicht sofort, dass er gerade beinahe von einem Touristenbus erfasst worden wäre – der um die Kurve gefahren kam. Ein paar Zentimeter nur, und es wäre vorbei gewesen.

Die junge Frau hinter ihm hatte geistesgegenwärtig gehandelt. Sie packte ihn am Kragen und mit einem kräftigen Ruck riss sie ihn zurück – und hat ihm so das Leben gerettet.

„Lieber Mann, Sie müssen besser aufpassen! Das hätte Ihr letztes Stündchen sein können", rief sie mit aufgewühltem Atem, ließ ihn los – und ging einfach weiter.

Allister war wie erstarrt.

„Danke", murmelte er noch, kaum hörbar – dann wandte er sich ab und ging schnellen Schrittes zurück in Richtung Stadt, als befände er sich in Trance.

Erst vor dem „Roten Ochsen" kam er wieder einigermaßen zu sich. Jetzt begriff er, was geschehen war: Er war dem Tod entronnen. Ein Schritt mehr – und seine ganze Mission hier in Heidelberg hätte mit einem Schlag geendet.

Er drehte sich um, wollte der jungen Frau noch einmal richtig danken – doch sie war längst verschwunden. Wahrscheinlich war sie in eine der Seitenstraßen eingebogen, ohne sich noch einmal umzudrehen.

Eigentlich hatte er vorgehabt, noch im „Roten Ochsen" einzukehren – aber das Lokal war noch immer geschlossen. Also machte er sich auf den Weg zurück ins Küchengässchen, um sich erst einmal von dem Schock zu erholen.

Als er an der Heiliggeistkirche vorbeikam, verspürte er plötzlich den tiefen Wunsch, in diesem ehrwürdigen Raum einen Moment innezuhalten – und ein stilles Dankgebet für seine Retterin zu sprechen. Aber auch für seine Mission in Heidelberg erbat er einen Segen.

Erst danach konnte er ruhig weitergehen.

Aus der Dunkelheit der steingewordenen Unterwelt ging er zurück ins Licht, zurück ins reale Leben

Kapitel 6

Onkel Toms Hütte

Als McAllister eines Tages geschäftlich nach Berlin musste, reifte in ihm ein Plan: Er wollte heimlich nach Lilian suchen – ohne Murielle etwas davon zu erzählen. Der Gedanke daran ließ ihn zwar nicht gerade ruhig schlafen, aber die Versuchung, vielleicht etwas über Lilians Leben zu erfahren, war einfach zu groß. Alles, woran er sich erinnerte, war, dass ihre Mutter in einem Ort namens Zehlendorf gewohnt hatte, in einer Straße namens Ithweg – in der Nähe eines Sees mit dem eigentümlichen Namen „Krumme Lanke". Diesen Namen hatte er sich besonders gut gemerkt, weil er ihm mit seinem englischen Akzent stets schwer über die Lippen kam. Lilian hatte sich köstlich darüber amüsiert. Immer wieder hatte sie ihn lachend aufgefordert:

„Sam, sag noch einmal ‚Krumme Lanke'!"

Dann hatte sie gekichert und ihn zum Dank in den Arm genommen und geküsst.

An der Hotelrezeption ließ er sich auf dem Stadtplan zeigen, wo Zehlendorf liegt und wie er mit den öffentlichen Verkehrsmitteln dorthin gelangt. Vom Ku'damm aus fuhr er mit der U-Bahn, stieg an der Station „Onkel Toms Hütte" aus – und war vom Namen der Haltestelle sofort begeistert. Wie charmant, eine U-Bahnstation nach einem Roman zu benennen! In einem Flyer, den er an der Rezeption mitgenommen hatte, fand er auch die Erklärung: Der Name ging zurück auf eine Ausflugsgaststätte, die einst in Anlehnung an Harriet Beecher Stowes berühmten Roman so benannt worden war.

Er fühlte sich sofort verbunden. Der Name weckte Erinnerungen – an Mark Twain, an seine Kindheit, an Abende unter der Bettdecke mit Taschenlampe und verbotener Lektüre: Tom Sawyer, Huckleberry Finn, Jim auf der Flucht. Es war dieses Gefühl von Abenteuer, Sehnsucht und heimlichem Lesen, das ihn nun wieder erfasste. Die Berliner nennen die umliegende Siedlung auch „Papageiensiedlung", wegen der farbenfrohen Fassaden, die ihre Architekten einst mutig und verspielt gestaltet hatten. Die U-Bahnstation selbst sah zwar ganz und gar nicht nach einer Hütte aus, aber wenn der Stationssprecher den Namen ausrief, klang es wie ein Versprechen.

Lyrischer Name für ein profanes Bauwerk – U-Bahnstation „Onkel Toms Hütte"

Der Fußweg zog sich hin. Schließlich erreichte er die Reihenhaussiedlung im Ithweg. Ohne eine Hausnummer blieb ihm nichts anderes übrig, als von Tür zu Tür zu gehen, die Klingelschilder zu studieren und Briefkästen zu inspizieren.

Nach zahlreichen vergeblichen Versuchen wurde ihm plötzlich klar, dass Lilian mittlerweile vermutlich einen anderen Nachnamen trug. Warum war ihm das nicht früher eingefallen? Warum glaubte er in seiner naiven Sehnsucht, die Zeit ohne ihn hätte für sie stillgestanden? Als sei nur sein eigenes Leben weitergegangen? Die Erkenntnis traf ihn wie ein Schlag. Er schüttelte den Kopf über sich selbst.

Die kleinen Einfamilienhäuser lagen eingebettet in üppiges Grün, waren aber gut einsehbar von der Straße aus. Die Siedlung grenzte direkt an den Grunewald, unweit des bekannten Badesees Krumme Lanke.

Ein Mann, der in seinem Vorgarten arbeitete und McAllister schon eine Weile beobachtet hatte, sprach ihn schließlich an: Ob er etwas Bestimmtes suche und ob er helfen könne.

Allister blieb stehen, erklärte zögernd, dass er eine Frau aus seiner Vergangenheit suche, aber keine Hausnummer wisse.

Der Mann fragte nach dem Namen und überlegte. Dann sagte er, die alte Frau Klingspoor habe ganz in der Nähe gewohnt – sei aber schon vor vielen Jahren verstorben. Ihre Tochter sei später mit ihrem Kind weggezogen. Wohin, das wisse er nicht.

Zur Sicherheit rief er seine Frau ans Fenster, vielleicht wisse sie mehr. Doch auch sie konnte nur wenig beitragen. Allister fragte noch, ob Lilian verheiratet gewesen sei – schließlich hatte sie ein Kind. Die Frau schüttelte den Kopf.

„Die war alleinerziehend. Nachdem die Mutter gestorben war, lebte sie noch ein paar Jahre mit ihrer Göre allein in dem Haus, bis sie es verkaufte und wegging."

Ob sie jemanden gekannt habe, mit dem Lilian befreundet gewesen sei, wollte er noch wissen. Aber auch dazu hatte die Frau keine Informationen.

Der Tag war schon weit fortgeschritten, und Allister musste zurück in die Stadt zu seinem Geschäftstermin. Er verabschiedete sich dankend – doch noch im Weggehen rief ihm die Frau hinterher:

„Jetzt fällt's mir ein! Ich glaube, die ist irgendwo in die Nähe von Heidelberg gezogen!"

Diese Information traf Allister wie ein Keulenschlag. Nach Heidelberg?

Es dröhnte in seinem Kopf. Das konnte doch nicht sein. Oder doch? Warum eigentlich nicht?

Wie benommen lief er zurück zur U-Bahnstation „Onkel Toms Hütte". Der Zug schien ihn widerwillig aufzunehmen, nur um ihn ebenso widerwillig wieder am lärmenden Ku'damm auszuspucken.

An diesem Tag konnte er kaum noch einen klaren Gedanken fassen. Immer wieder hörte er die Worte in seinem Kopf:

„… mit ihrer Göre nach Heidelberg …"

Später fragte er an der Rezeption nach, was „Göre" bedeute – und erfuhr, dass es sich dabei um ein Mädchen handle. Also hatte sie ein Kind. Ein Mädchen. Von einem anderen Mann.

Am Abend, nach dem Termin, schlenderte er noch durch die Stadt. Sein Weg führte ihn in eine kleine Bar, die ihm am Vortag schon aufgefallen war. Sie erinnerte ihn an den „Roten Ochsen". An den Wänden hingen unzählige Schwarz-Weiß-Fotografien – bekannte Schauspieler, Musiker, Tänzerinnen, Künstler aller Art. Viele mit Widmungen und Unterschriften versehen. Die Bar trug den Namen „Inge und ich" – ebenso charmant wie „Onkel Toms Hütte".

Ein Pianist spielte sanft im Hintergrund und Allister fühlte sich auf angenehme Weise willkommen. Es wurde ein intensiver Abend. Der Alkohol tat sein Übriges. Zum Abschluss wünschte er sich – natürlich – As Time Goes By.

Am nächsten Morgen holte ihn die Realität schmerzhaft ein. Die Nacht war kurz gewesen. Er wachte gerade noch rechtzeitig auf, um in aller Eile ein Taxi zum Flughafen Tempelhof zu nehmen – ohne Frühstück, ohne Ruhe.

Im Flugzeug traf er eine Entscheidung: Murielle durfte von seiner Suche nichts erfahren. Sie hatte immer wieder mit ihrer Eifersucht zu kämpfen. Zwar wusste sie, dass Sam treu war, aber sobald er sich mit einer attraktiven Frau unterhielt, nagte etwas in ihr, das sie nicht benennen konnte.

Er wollte sie nicht verletzen – schon gar nicht mit etwas, das längst vergangen war und keinerlei Bedeutung mehr haben sollte.

Die Berliner Episode versank rasch wieder im Alltag. Er nahm sich fest vor, keine weiteren Nachforschungen anzustellen. Zu stark hatte ihn das Erlebnis aufgewühlt, zu tief hatte es alte Gefühle hervorgespült, die er längst begraben glaubte. Vielleicht war es ein Fehler gewesen, überhaupt danach zu suchen. Was hätte es bringen sollen – nach all den Jahren? Sein eigenes Leben war klar geordnet, seine Beziehung zu Murielle erfüllte ihn. Und er lebte in England – weit weg von jeder Begegnung, die das Vergangene wieder ins Jetzt hätte reißen können.

Und doch ließ ihn der Gedanke nicht ganz los. Ob Lilian jetzt mit einem anderen Namen, vielleicht mit einem Mann und mehreren Kindern, in einem kleinen Häuschen irgendwo in Deutschland lebte? Vielleicht sogar in Heidelberg?

„Vergiss es!", dachte er, wahrscheinlich war sie genauso glücklich wie er und dachte schon längst nicht mehr an ihn. Punkt.

Déjà-vu mit dem „Roten Ochsen" bei „Inge und ich" (Symbolbild)

Kapitel 7

„Zum Roten Ochsen"

Am Tag nach seiner „Wiedergeburt" wollte Sam am Vormittag durch die Stadt schlendern. Beim Verlassen des Hauses erwischte ihn seine Vermieterin, Frau Hagenau, noch auf der Treppe – mit einer Einladung, der er nur schwer widerstehen konnte:

„Ich mache Dampfnudeln mit Kartoffelsuppe und Weinschaumcreme", kündigte sie stolz ihre deutsche Hausmannskost an.

„Aber nicht zu spät kommen, das schmeckt am besten warm!", rief sie ihm noch hinterher.

Pünktlich zurück, genossen sie gemeinsam das köstliche Dreigestirn der traditionellen Küche. Bevor sie sich an den Tisch setzten, bot Allister ihr jedoch das Du an – es fiel ihm als Engländer zunehmend schwer, sie ständig mit einem distanzierten „Sie" anzusprechen.

„Dann musst du mich aber auch Marilyn nennen – so nennen mich alle", sagte sie lachend. Sie stießen mit einem Bier an, hakten die Arme ein, wie es hierzulande üblich war, und bekräftigten das neue Du mit einem herzlichen Wangenkuss.

Das Gespräch nahm bald eine persönliche Wendung. Marilyn erzählte aus ihrem Leben – von Krieg, Entbehrung und der einstigen Hoffnung, mit Jimmy in den USA ein neues Leben zu beginnen. Eine Tante von ihr war damals mit der Familie dorthin ausgewandert und berichtete bald von Arbeit, Kühlschrank, Auto und der Aussicht auf ein eigenes Haus.

Auch sie hatte davon geträumt. Sie hatte gehofft, aus der Armut herauszukommen in die Neue Welt.

„Aber der Ami kam nicht zurück", murmelte sie leise und voller Enttäuschung.

Allister versuchte ihr behutsam zu erklären, dass das gelobte Land längst nicht mehr für alle ein Paradies sei. Er kannte Menschen, die ihre Rückkehr nach Deutschland herbeigesehnt hatten – ein Land, das sich verändert hatte, das heute stabil war und ein gutes Leben bot.

„Viele der ‚Fraulein‘, wie die GIs die Mädchen nannten, landeten am Ende auf irgendeiner Farm im Nirgendwo – todunglücklich, vom Heimweh aufgefressen. Nicht alles, was glänzt, ist Gold", sagte er nachdenklich.

Im Lauf des Gesprächs kam er schließlich auf den eigentlichen Grund seiner Reise zu sprechen. Es sprudelte aus ihm heraus. Marilyn hörte aufmerksam zu. Sam hatte sogar den Brief von Murielle dabei und las ihr einige Passagen vor. Und wieder stiegen Tränen in seine Augen.

„Und du glaubst wirklich, deine alte Liebe zu treffen?", fragte sie ungläubig. „Das ist ja, als würde ich nach Amerika reisen, um meinen Jimmy zu finden. Der hat doch längst eine Familie – oder lebt vielleicht gar nicht mehr. Wer weiß, vielleicht ist er in Vietnam geblieben." Ihre Stimme klang aufrichtig – und ein wenig empört über Sams kindliche Hoffnung.

Als Allister an diesem kühlen Spätsommerabend Richtung Karlsplatz lief, durchströmte ihn ein längst verloren geglaubtes Gefühl – als ob sich ein Kreis langsam, ganz leise zu schließen begann. Er stand

Der historische „Rote Ochsen" zeigt Flagge

vor dem „Roten Ochsen", diesem Traditionslokal in der Altstadt von Heidelberg, in dem er einst so viele Nächte verbracht hatte – mit Freunden, mit Gedanken, mit Musik, mit Leben. Er strich sich über den Kragen seines Mantels, blickte hoch zur Fassade und lächelte wehmütig. Fast schien es ihm, als würde ihn das alte Gebäude wiedererkennen.

Im Innern empfing ihn der Duft von Holz, Bier und Erinnerungen. Alles war vertraut, alles war gleich. Die Plätze an der Theke, die uralten Holztische, das Knarzen der Dielen – es war, als würde die Zeit selbst eine Pause einlegen, um ihn willkommen zu heißen.

Er wollte sich an seinen alten Stammplatz setzen, aber der war besetzt, sodass er einen Tisch weiter fündig wurde. Er bestellte ein Bier und betrachtete die Schwarzweiß-Fotografien an den Wänden. Zwischen all den Gesichtern vergangener Zeiten suchte er ein ganz bestimmtes. Und er fand es. Lilian.

Auf dem kleinen Foto lachte sie ihm entgegen – jung, wild, wunderschön. Daneben: Er selbst. Allister, wie er einmal war. Ihre Finger verschränkt, die Köpfe dicht beieinander. Damals glaubten sie noch, alles sei möglich. Vielleicht war es das sogar.

Er zog ein kleines, vergilbtes Foto aus seiner Jackentasche. Dass er es überhaupt noch hatte, wunderte ihn selbst. Auf der Rückseite stand in ihrer Handschrift: „Wenn du irgendwann wieder nach Heidelberg kommst – such mich im „Roten Ochsen."

Er drehte das Glas in der Hand, nahm einen Schluck und spürte, wie die Erinnerungen aufstiegen – Bilder, Gerüche, Stimmen. Und Lachen. So viel Lachen war im Raum.

Es fühlte sich an, als wäre er nie weg gewesen. Die vielen Gesichter auf den überfüllten Wänden, die handgeschriebenen Widmungen und Erinnerungsstücke – sie alle schienen ihm freundlich zuzunicken. Die Kandelaber zwinkerten ihm zu, die Trinkhörner unter der Decke bliesen zur Tat.

„Was ist aus all diesen Menschen geworden?", fragte er sich.

Hinter jedem dieser alten Fotos steckten Geschichten: Hoffnungen, Trennungen, Streit, Liebe, Wiedersehen, Abschiede. Man konnte sich all die Gespräche, Diskussionen, Erkenntnisse, aber auch die Enttäuschungen kaum vorstellen, die hier stattgefunden hatten.

Das große Ölgemälde mit der Stadtansicht vom Philosophenweg aus – mit der wohl schönsten Ruine der Welt – schien mehr zu erzählen, als seine bräunlich gedämpften Farben preisgaben. Vom Rauch unzähliger Zigaretten und Pfeifen patiniert, sprach es von Geschichte – von der Stadt und von dieser Kneipe. Geballte Vergangenheit in einmaliger Landschaft auf einer ganzen Wand.

Auch die Namensschnitzereien und Kritzeleien auf Stühlen, Tischen, Regalen, Wänden – sie alle atmeten die über 300 Jahre währende Geschichte des Hauses, das seit über 180 Jahren von derselben Familie in sechster Generation geführt wird. Diese Räume waren eine Zeitkapsel, die irgendwo irgendwann in der Vergangenheit angehalten hatte.

Im sogenannten „Schweizer Zimmer" stand das Klavier. Rechts daneben – dort war früher ihr Stammplatz gewesen, seiner und Lilians.

In dieser besonderen Atmosphäre konnte man

Auch Reichskanzler Bismarck – und der Mann am Klavier – grüßen die Gäste

schon mal glauben, dass einem zu später Stunde Reichskanzler Bismarck zuprostete, Götz George in seiner Rolle als Götz von Berlichingen ein „Sage ihm, er kann mich mal im …" zurief oder das Heidelberger Original, der Dienstmann Nr. 73, der „Muck", fragte, ob er dich und deinen Koffer zum Hotel oder gleich zum Bahnhof bringen solle. Zuvor bot dir das „Blumen-Mariechen" noch eine Rose für deine Liebste an.

Und doch: Etwas hatte sich verändert. Der Tisch, an dem Sam heute saß, war nicht sein Tisch. Der Tisch seiner Erinnerungen, seiner Liebesschwüre, stand auf der anderen Seite – und war leider besetzt. Das musste er nun ertragen. Aber morgen, morgen würde er pünktlich sein.

Jede Frau, die das Lokal betrat, musterte er mit wachsamem Blick. Doch er wusste selbst nicht mehr, worauf er achten sollte. Die Figur? Das Gesicht? Die Stimme? Die Haare? Zu viele Jahre waren vergangen. Wie mochte Lilian heute aussehen? Er musste sich eingestehen, dass er ein Phantom suchte, das er nicht kannte und kennen konnte.

Eine japanische Reisegruppe an seinem Tisch erschwerte ihm das konzentrierte Beobachten zusätzlich. Mit holprigem Englisch überfluteten sie ihn, sangen und klatschten zur Musik – das Lokal wurde immer voller, die Stimmen immer lauter.

In diesen Zeiten des Wartens auf Lilian lernte Sam viele Menschen mit interessanten, lustigen, aber auch bewegenden Geschichten kennen.

So saß er eines Nachmittags schon früh im „Roten Ochsen", müde von einem langen Spaziergang durch

Geballte Geschichte, lebendige Geschichten – der Raum ist erfüllt von Vergangenheit, ihren Charakteren und Obj

Uriges Ambiente in geschichtsträchtiger Umgebung

die Stadt. Er hatte Lust auf ein Bier – einfach nur sitzen, beobachten, nachdenken. Ein Herr, ungefähr in seinem Alter, trat ein, sah sich kurz um und steuerte dann auf Sam zu.

„Darf ich mich zu Ihnen setzen?", fragte er. „Ich trinke mein Bier nicht gerne allein. Nicht an diesem Tag. Gestatten, mein Name ist Horst."

„Gerne, setzen Sie sich. Ich bin Sam. Warum, was ist gerade heute?", fragte Sam neugierig. „Was ist an diesem Tag so besonders für Sie?"

Der Mann bestellte sich ein Bier. Er nickte langsam, wie jemand, der innerlich einen Entschluss gefasst hat.

„Ach", stöhnte er verhalten, „heute ist ein Jahrestag", sagte er leise, „der Jahrestag eines Unglücks, das ich nie vergessen habe. Es passierte in meiner Schulzeit, da oben". Er deutete auf das Schloss auf dem großen Gemälde im Gastraum.

„Was ist damals geschehen?", fragte Sam.

Der Mann schwieg einen Moment, nahm einen Schluck von seinem Bier, dann begann er zu erzählen.

„Wir waren eine Bande von vier Jungs – ich war, obwohl der Ängstlichste, mittendrin – wir hatten einen verrückten Plan ausgeheckt: Wir wollten die Fahne auf dem Glockenturm des Heidelberger Schlosses auf Halbmast setzen. Von überall in der Stadt konnte man sie sehen. Wir waren uns sicher, dass die Zeitungen am nächsten Tag rätseln würden, ‚welche berühmte Persönlichkeit ist verstorben, dass die Fahne auf Halbmast hängt?‘

Heimlich machten wir uns auf den Weg. Wir kannten Schleichpfade, verborgene Zugänge, alte, fast vergessene Treppen. Da war noch nicht wie heute alles abgesperrt. Stück für Stück arbeiteten wir uns im Innern des Turms hinauf – bis wir an eine Stelle kamen, an der es nicht mehr weiterging. Zu gefährlich. Zu riskant. Also brachen wir ab. Enttäuscht, aber so hatten wir es vereinbart.

Am nächsten Morgen standen wir zu dritt fassungslos am Fenster der Schule, blickten zum Schloss hoch – und trauten unseren Augen nicht: Die Fahne wehte tatsächlich auf Halbmast.

„Was ist da los?", fragten wir uns, „ist wirklich jemand Berühmtes gestorben?"

In der Schule – der Friedrich-Ebert-Schule – warteten wir auf unseren Freund. Doch er kam nicht. Stattdessen betrat später der Rektor das Klassenzimmer, begleitet von zwei Polizisten. Kurze, angespannte Stille. Dann die Nachricht: Unser Freund war in der Nacht tödlich verunglückt.

Achim – er war derjenige, der die ganze Idee hatte – war am Abend allein zurück zum Schloss gegangen. Fest entschlossen, zu Ende zu bringen, was wir gemeinsam nicht zu Ende brachten. Er wollte es beenden.

Und er hatte es tatsächlich geschafft: Die Fahne hing, wie geplant, auf Halbmast.

Aber auf dem Rückweg verlor er auf den morschen Steinstufen den Halt. Stürzte über zwanzig Meter in die Tiefe. Tot.

Am nächsten Tag stand es in allen Zeitungen. Groß, unübersehbar, laut. Nur eben ganz anders, als wir es uns vorgestellt hatten."

Horst atmete tief durch, trank sein Bier aus, stand auf und bedankte sich, dass Sam ihm so geduldig zugehört hatte. Er legte einen Geldschein auf den Tisch, mit der Bitte, die Zeche für ihn zu bezahlen und den Rest der Bedienung zu geben. An der Tür drehte er

Im Gastraum hängt das gewaltige Ölgemälde mit der Stadtansicht von Heidelberg

Der Glockenturm des Schlosses, die Fahne auf Halbmast – was ist wohl passiert?

sich erneut um und sagte mit tränenfeuchten Augen:

„Ich habe nächste Woche eine große Operation und bin mir nicht sicher, ob ich das hier noch einmal schaffen kann" und schloss die Tür hinter sich.

Später, als Sam nach Hause ging, schaute er nach oben. Die Fahne hing heute für Horst auf halbmast.

Die Abende und Nächte, die er sich, oft müde, um die Ohren schlug, blieben ohne Erfolg. Die Hoffnung auf ein Wunder, das er sich so sehr gewünscht hatte, zerbröselte langsam in stille Enttäuschung.

Nach zwei Wochen trat er die Heimreise an ohne Lilian je gesehen zu haben, ohne auch nur eine Spur von ihr zu finden.

Mit einer herzlichen Umarmung verabschiedete er sich von Marilyn. Inzwischen waren sie enge Freunde geworden. Er dankte ihr dafür, dass sie ihm mit so viel Geduld und Humor die deutsche Sprache nähergebracht hatte – und ließ es sich nicht nehmen, sein Zimmer gleich für das nächste Jahr im Voraus zu buchen.

Kapitel 8

Schicksalhafte Begegnung

Im Jahr darauf wiederholte sich alles – fast wie in einer Endlosschleife. Die Einfahrt in den Heidelberger Hauptbahnhof, dieselben Zweifel wie beim ersten Mal, diesmal jedoch mit gedämpfterer Hoffnung. Zwischenzeitlich war bei Sam mehr nüchterne Realität eingekehrt. Aber er wollte nicht aufgeben – hatte er Murielle doch ein virtuelles Versprechen gegeben: mindestens drei Versuche. Er spürte, dass sein Alter keine Luftsprünge mehr zuließ, und die Sinn- und Hoffnungslosigkeit nagte an ihm.

Wieder passierte nichts. Anfang September reiste er unverrichteter Dinge ab – mit einem Anflug von Trennungsschmerz. Von Marilyn und den Freunden im „Roten Ochsen". Laszlo verabschiedete ihn mit einem verjazzten „God Save The Queen" und einem rührenden „Auf Wiedersehen …".

Im dritten Jahr musste McAllister aus gesundheitlichen Gründen pausieren. Sein Arzt hatte ihm von der Reise abgeraten – das Herz. Es fiel ihm schwer.

Ein weiteres Jahr später, zur gleichen Zeit am gleichen Ort, war die Begrüßung kaum herzlicher denkbar. Marilyn hatte sich so über seinen Besuch gefreut, dass sie spontan Dampfnudeln gemacht hatte. Für ihn war es ein Nachhausekommen. Auch Heidelberg hatte sich nicht verändert – alles beim Alten. Oder? Nicht ganz. Im „Roten Ochsen" begrüßte ihn eine neue Wirtin: Ute, die Frau des verstorbenen Wirts, hatte übernommen. Herzlich wie eh und je. Laszlo war noch da – und als er Sam erblickte, spielte er ein Willkommen auf dem Klavier. Da saß er nun zum dritten Mal auf seinem Platz. Hoffnungsvoll. Aber zweifelnder denn je.

Das Lokal war voll. An seinem Tisch saß dieses Mal eine Gruppe Chinesen, die ihn, als sie merkten, dass er Englisch sprach, in Beschlag nahmen und mit unmöglichem Kauderwelch über Heidelberg ausfragten.

Von seinem Platz aus blickte er in den höher gelegenen Gastraum. An einem Tisch dort saßen eine junge Frau und ein junger Mann, vertieft in ein angeregtes Gespräch.

Sam sah die Frau – und konnte den Blick nicht abwenden. Irgendwoher kannte er sie. Etwas an ihr zog ihn an, aber es wollte ihm nicht einfallen. Immer wieder unterbrochen von den Chinesen, blickte er hinauf – und suchte nach Klarheit.

Plötzlich fiel es ihm wie Schuppen von den Augen: Sie war seine Lebensretterin! Die Frau, die ihn vor Jahren am Friesenberg am Kragen gepackt hatte, als er beinahe überfahren worden wäre. Ihre Stimme klang ihm noch heute im Ohr:

„Lieber Mann, Sie müssen besser aufpassen. Das hätte Ihr letztes Stündchen sein können."

Damals hatte er sich nicht bedanken können. Er war schockiert davongetaumelt – als er sich noch einmal umdrehte, war sie verschwunden.

Jetzt war die Gelegenheit. Er musste sie ansprechen. Den Chinesen erklärte er umständlich, dass er kurz weg müsse. Doch genau in diesem Moment stimmte eine feiernde Studentenverbindung an den

Nachbartischen ein vielstimmiges „Gaudeamus igitur" an. Das ganze Lokal horchte auf und ließ sich von der Stimmung mittragen. Sam wartete ab.

Als er wieder zum Tisch hoch schaute, war die Frau verschwunden. Er eilte zu dem jungen Mann, der gerade bezahlen wollte.

„Wo ist Ihre Begleiterin?", fragte Sam.

„Das war nicht meine Begleiterin. Ich kannte sie bis eben gar nicht. Sie hatte mich gefunden, weil sie etwas über meinen Vater erfahren wollte, den ihre Mutter aus der Studienzeit kannte. Dann stand sie auf, hat sich an der Holzvertäfelung mit den eingeschnitzten Namen und Sprüchen umgesehen ... kam mit verweinten Augen zurück, legte mir einen Zwanziger hin, bat mich zu zahlen – und ging wortlos."

Sam bat, sich setzen zu dürfen, erklärte seine Enttäuschung, dass er seiner Lebensretterin nicht danken konnte. Und irgendetwas sagte ihm, dass er jetzt nicht lockerlassen durfte.

„Sind Sie Fotograf?", fragte er vorsichtig – die professionelle Fototasche fiel ihm auf.

„Ja, Pressefotograf bei der Tageszeitung. Darüber hat sie mich auch gefunden. Sie erzählte mir eine unglaubliche Geschichte über ihre Mutter, deren Studentenzeit und eine große Liebe. Sie hatte sogar ein zerrissenes Foto dabei – aufgenommen von meinem Vater –, auf dem sein Studienfreund zu sehen sein soll. Und eine Serviette vom „Roten Ochsen" mit einem handschriftlichen Versprechen."

Sam fröstelte. Es fuhr ihm kalt den Rücken herunter. Eine Nervosität bemächtigte sich seiner.

„Sagen Sie ... Sie heißen nicht zufällig Brucker?"

„Doch. Wieso?"

Dieser Winterstimmung kann man sich nicht entziehen

„Ihr Vater hatte ein Fotogeschäft am Bismarckplatz?"

„Ja …"

„Und er hieß Paul?"

„Stimmt. Aber …"

„Dann war Ihr Vater mein Studienfreund! Sam McAllister mein Name. Paul und ich – wir waren die ‚Unzertrennlichen'."

„Ich heiße Frank", sagte der Fotograf.

Frank erzählte, dass sein Vater schon vor Jahren verstorben sei. Die junge Frau hatte nach einem Studienfreund ihrer Mutter gesucht – sie zeigte ihm das Foto und die Serviette. Mehr nicht.

„Frank, darf ich dich so nennen?", fragte Sam, ohne eine Antwort abzuwarten. „Zeig mir bitte die Stelle, wo sie hingesehen hat, bevor sie in Tränen ausbrach und das Lokal verließ."

Frank deutete auf eine Stelle in der Holzvertäfelung. Sam trat näher. Und da sah er es: das längst vergessene „Lilian & Sam", das er einst eingeritzt hatte. Jetzt stiegen auch ihm Tränen in die Augen.

Frank verstand die Welt nicht mehr. Erst die Frau, jetzt der Alte – beide in Tränen. Sam erzählte ihm von der Geschichte hinter der Inschrift. Dann fragte er:

„Hast du ihre Telefonnummer? Eine Adresse?"

„Leider nein. Sie wollte mir ihre Nummer geben, aber dann ist sie einfach gegangen."

„Wenigstens einen Namen? Einen Ort?"

„Nur, dass ihre Mutter früher Anwältin war, in der Nähe von Heidelberg. Jetzt sei sie schwer krank. Mehr weiß ich nicht."

Frank stand plötzlich auf.

„Ich muss los – Pressetermin."

„Frank, bitte – treffen wir uns morgen Vormittag? Frühstück im ‚Café Schafheutle'? Um 9:30 Uhr?"

„Lieber 11:30 Uhr – wir Presseleute sind Nachteulen und nicht so früh auf den Beinen."

„Abgemacht. Gib mir bitte deine Karte – ich will dich auf keinen Fall mehr verlieren."

Sie tauschten Karten. Frank verschwand.

Sam ließ sich erschöpft zurück auf seinen Platz fallen. War das alles Wirklichkeit? Oder spielte ihm sein Kopf einen Streich? Ein Wunder? Vielleicht.

Er hatte eine katastrophale Nacht. Um sechs Uhr war er schon aufgestanden. Marilyn hinterließ er einen Zettel:

„Das Wunder bahnt sich an. Bete, dass es wahr wird. Mehr heute Abend. Sam."

Er stand allein auf der Alten Brücke. Das Karussell in seinem Kopf drehte sich immer schneller. Der Ostwind aus dem Neckartal wirbelte ihm die Haare durcheinander, und der rasch fließende Neckar unter ihm ließ ihn schwindeln.

Die Zeit bis 11 Uhr zog sich endlos. Sam stand bereits eine halbe Stunde früher vor dem Café. Als Frank mit Verspätung auftauchte, begrüßten sie sich wie alte Freunde.

Sie fanden einen ruhigen Tisch im Garten, frühstückten – und Frank sagte:

„Mir ist noch etwas eingefallen. Sie erwähnte Wiesloch. Ich weiß nur nicht mehr, in welchem Zusammenhang."

„Vielleicht hat ihre Mutter dort gelebt. Mensch, Frank, ihr Presseleute habt doch ein gutes Netzwerk – kannst du da nicht was rausfinden?"

„Was denkst du, was ich letzte Nacht noch gemacht habe? Ich habe das Internet von Links auf Rechts gedreht, um etwas zu finden."

„Und? Sag schon! Hast du was rausbekommen?"

„In Wiesloch gab es eine Kanzlei in der Heidelberger Straße. Inzwischen geschlossen beziehungsweise übernommen worden. Die Anwältin hieß:

Dr. Lilian Klingspoor."

„Das ist sie! Das ist sie!", rief Sam laut und sprang auf. Die Cafébesucher schauten teils erschrocken und belustigt zu den beiden rüber.

„Ich fahr morgen hin! Miet mir ein Auto – damit ich flexibel bin bei der Suche."

„Ich würde dich ja fahren, aber ich hab Termine in der anderen Richtung. Du rufst mich an, ja?"

„Versprochen. Danke, Frank. Du kommst ganz nach deinem Vater", meinte lobend Sam.

„Danke, Paul", sagte er dann leiser und blickte zum Himmel. „Danke, dass du mir deinen Sohn geschickt hast."

Erst jetzt fanden sie die Zeit, über Franks Vater Paul zu sprechen: über seinen Werdegang, das traditionsreiche Geschäft im Darmstädter Hof, das dem Zeitgeist und der Modernisierung zum Opfer gefallen war. Über seinen viel zu frühen Tod. Über Franks Weg zum Pressefotografen – und über vieles mehr.

Ergriffen verabschiedeten sie sich, verbunden durch das stille Versprechen, sich am nächsten Tag wieder zu melden. Eine neue Freundschaft war auf altem Fundament gewachsen – bereit, sich von Grund auf neu zu festigen.

Kapitel 9

Das Wunder nimmt seinen Lauf

Am nächsten Tag fuhr Allister mit einem Leihwagen direkt nach Wiesloch. Er wollte der Vergangenheit auf die Spur kommen und hoffte, dass die heutige Anwaltskanzlei noch etwas über Lilian wüsste.

Auf sein Klingeln öffnete ein Mann mittleren Alters die Tür. Allister schilderte ihm kurz sein Anliegen – und tatsächlich erinnerte sich der Mann an Dr. Lilian Klingspoor.

„Ja, Frau Dr. Klingspoor hat die Kanzlei damals gegründet, ist aber schon seit längerer Zeit nicht mehr bei uns tätig."

„Haben Sie vielleicht noch eine Adresse oder Telefonnummer von ihr?", fragte Allister vorsichtig.

„Ich weiß nur, dass Frau Klingspoor seit Längerem schwer erkrankt ist. Aber warum fragen Sie das überhaupt? Ich darf Ihnen keine weiteren Auskünfte geben."

Allister stellte sich vor, nannte seinen Namen und erzählte in knappen, emotionalen Worten, was ihn persönlich bewegte. Der Anwalt zögerte, war im Begriff, die Tür wieder zu schließen – doch plötzlich hielt er inne.

„Meine einzige Möglichkeit wäre, ihre Tochter zu kontaktieren. Ich habe noch eine Telefonnummer von ihr. Vielleicht erlaubt sie mir, Ihnen Auskunft zu geben."

„Oh, bitte, tun Sie das", sagte Allister erleichtert.

Der Anwalt bat ihn herein und führte ihn in einen Besprechungsraum. Dann verschwand er in seinem Büro. Es verging einige Zeit, bis er wieder erschien – nur um eine unerwartete Frage zu stellen:

„Sind Sie wirklich Engländer?"

„Ja", antwortete Allister.

Der Anwalt nickte stumm und ging erneut. Nach wenigen Minuten kehrte er zurück – mit einer Botschaft, die Allister den Atem stocken ließ.

„Die Tochter von Frau Dr. Klingspoor hat mich gebeten, Ihnen Folgendes auszurichten: Ihre Mutter ist in einem Hospiz. Es geht ihr nicht gut. Aber … es scheint, als würde sie regelrecht auf Sie warten."

Allister wurde bleich. „Ein Hospiz?", wiederholte er stumm für sich. Das konnte nur eines bedeuten … Der Gedanke lähmte ihn.

„Und – wo ist dieses Hospiz?", fragte er hastig. „Wo finde ich es?"

„Nur wenige Meter von hier. Kommen Sie, ich zeige es Ihnen."

Sie gingen gemeinsam auf die Straße. Der Anwalt deutete nach oben.

„Dort, das große Gebäude mit dem Türmchen, Richtung Heidelberg. Die Einfahrt ist gleich rechts. "

Allister bedankte sich aufrichtig, fuhr los – das Herz schlug ihm bis zum Hals.

Die Tochter hatte bereits im Hospiz angerufen, um seinen Besuch zu ermöglichen. Eine Betreuerin führte ihn durch den Gang und bat ihn, kurz zu warten. Sie wolle erst nachfragen, ob Frau Klingspoor bereit sei, ihn zu empfangen. Als sie zurückkam, bat sie ihn, noch ein paar Minuten im Aufenthaltsraum Platz zu nehmen – Lilian wolle sich kurz zurechtmachen.

Dann kam endlich die Pflegerin und holte ihn ab. Sie öffnete die Zimmertür, und Sam trat – mit einem Kloß im Hals – in ein freundlich eingerichtetes Zimmer. Leise Musik spielte im Hintergrund.

Im Bett lag eine alte Frau. Frisch gekämmte graue Haare. Wache, leuchtende Augen. Sie musterte ihn mit intensivem Blick – ein Anblick, der Sam tief erschütterte. Wie ein Schlag traf ihn die Erkenntnis: Das Bild in seinem Kopf war eine Illusion gewesen. Die Erinnerung hatte ihm eine jugendliche Lilian vorgespiegelt – mit blondem Haar, glatter Haut. Doch hier lag ein von Alter und Krankheit gezeichneter Mensch, dem die Jahre ins Gesicht geschrieben standen.

„Hallo, Sam. Schön, dass du da bist."

Nach einer kurzen Stille sagte sie, mit liebevoller Stimme:

„Sag bitte noch einmal: ‚Krumme Lanke', Sam."

Diese Stimme! Sie war unverändert – klar, sanft, vertraut. Er schluckte und erfüllte ihr den Wunsch:

„Hallo, Lilian. Krumme Lanke … Lilian … Krumme Lanke."

Sie lächelte. „Schade – dein Deutsch ist inzwischen zu gut geworden. Aber danke."

Als hätte sie seine Gedanken erraten, fügte sie mit einem Augenzwinkern hinzu:

„Du hast dich übrigens auch verändert, mein Lieber. Wo ist deine sportlich drahtige Figur geblieben?"

Sam antwortete nicht. Er lächelte schwach und wiederholte mit übertrieben englischem Akzent:

„Krumme Lanke, Lilian – Krumme Lanke. Wir sind endlich da, Lilian. In irgendeiner letzten Woche, in irgendeinem August, in irgendeinem Jahr. Ich bin so dankbar, dich wiederzusehen. Das Wunder ist wahr geworden – gerade, als ich die Hoffnung fast verloren hatte."

Schweigen. Ein stilles, tränenreiches Schweigen füllte den Raum, nur unterbrochen von Lilians ständigem Reizhusten.

Nach einer Weile setzte sich Sam auf einen Stuhl neben ihr Bett, nahm ihre Hand, hielt sie sanft, führte sie an seine Wange, küsste ihre welken Finger.

„Wie geht es dir, Lilian?" Er spürte selbst, wie unbeholfen die Frage klang. Und doch musste er sie stellen. Unsicher, wie er sich fühlte, fragte er:

„Weißt du noch unseren Weg ins Friesental?", er suchte nach einem Anfang für ein Gespräch. Ruhe.

Niemand wusste, wie viel Zeit verging, bis sie wieder sprachen. Schließlich sagte Lilian:

„Sam ... bevor wir uns unser Leben erzählen, und was gewesen ist, muss ich dir etwas sagen. Etwas, das schwer auf meinem Herzen liegt und das ich ... in der kurzen Zeit, die mir bleibt, loswerden muss."

Ein Hustenanfall unterbrach sie. Es dauerte, bis sie wieder Worte fand.

„Ich möchte dir ..." Da klopfte es an der Tür. Eine Frau trat ein. Sam erstarrte. Er erkannte sie sofort.

Die Frau vom Friesenberg. Die, die ihn vor dem Bus gerettet hatte. Die, die er im „Roten Ochsen" ver-

Der Friesenberg – Aufstieg von der Hauptstraße zum Schloss

passt hatte. Sie stand jetzt vor ihm – im Hospizzimmer – bei jener Frau, nach der er so lange gesucht und die er endlich hier gefunden hatte.

Lilian, schwer atmend, fuhr fort:

„Das trifft sich gut … Sam, ich möchte dir deine Tochter vorstellen. Esther – das ist dein Vater. Der Mann, nach dem du mich so oft gefragt hast. Ich danke Gott, dass mir das noch vergönnt war, euch zusammenzubringen."

Ein Hustenanfall erschütterte ihren Körper. Flüsternd sagte sie nur noch:

„Jetzt lasst mich bitte allein … ich bin sehr müde. Wir reden morgen weiter."

Zwei wie gelähmte Menschen verließen das Zimmer. Sprachlos. Hilflos. Sie standen sich im Flur gegenüber – unfähig, etwas zu sagen.

Sam war es, der sich zuerst fasste.

„Könnten wir vielleicht in den Aufenthaltsraum gehen?", fragte er matt. Seine Beine zitterten. Er musste sich setzen, sonst wäre er zusammengebrochen.

„Zu viele Ereignisse auf einmal …", murmelte er. „Das kann ich nicht so schnell verarbeiten. Aber ich spüre – dir geht es genauso. Oder … darf ich Esther sagen?"

Ohne auf Antwort zu warten, redete er weiter – wie getrieben:

„Da suche ich als alter Mann meine Jugendliebe. In Heidelberg rettet mich eine junge Frau – ich versäume, mich zu bedanken. Suche sie, finde sie nicht. Dann finde ich Lilian – und verliere sie bald wieder. Und bekomme … im selben Moment eine Tochter geschenkt, die sich als meine Retterin entpuppt. Meine Retterin ist meine Tochter. Wer kann das begreifen? Wer soll das ertragen?"

Er stockte. „Wie hätte sich meine Muri gefreut – dass ich doch noch eine Tochter habe. Eine, der sie früher mit Liebe Kleidchen genäht hätte ... auch wenn sie nicht von ihr gewesen wäre ... aber von mir."

Er rang nach Worten.

„Gott ... was bist du manchmal für ein grausames Wesen. Und das dann wieder – auf einmal milde gestimmt Wunder tut. Danke, Gott."

Ein Weinkrampf übermannte ihn. Als er sich etwas gefasst hatte, spürte er Esthers Hand auf seiner Schulter. Zart. Tröstend. Auch wenn sie selbst Trost gebraucht hätte.

Es war schon dunkel, als Allister sich langsam erhob, zum Fenster ging und in die beginnende Nacht blickte. Dann sagte er, fast sachlich – fast unpassend:

„Ich muss zurück nach Heidelberg. Meinen Mietwagen abgeben."

Er drehte sich um, sah Esther an:

„Ich freue mich auf morgen – auf unser Gespräch. Mit dir und deiner Mutter. Über alles, was war. Aber für heute ... habe ich keine Kraft mehr."

„Sam ... Vater ... Dad?", sagte sie zögerlich. Noch unsicher suchte sie nach den richtigen Worten um ihren Vater anzusprechen. „Ich spüre, wie dich das alles mitnimmt. Und mich genauso. Ich bleibe hier bei Mutter. Sie schläft jetzt. Morgen ... morgen ordnen wir unser Leben neu – irgendwie wird es für uns drei weitergehen."

„Ja. So machen wir es. Ich freue mich darauf", sagte Sam leise. Er nahm sie unbeholfen in den Arm und drückte sie vorsichtig.

Im Auto sank er auf den Fahrersitz und bewegte sich lange nicht. Seine Gedanken rasten. Nach einer Weile erinnerte er sich: Er wollte Frank anrufen.

„Frank Brucker!"

„Hallo, Frank, hier ist Sam. Ich wollte dir kurz berichten … was heute in Wiesloch passiert ist."

Er erzählte bruchstückhaft. Frank schwieg. Dann, plötzlich, fragte Sam aus dem Zusammenhang gerissen:

„Frank, kennst du jemanden, der Klavier spielen kann? Morgen Vormittag? Für Lilian und mich – ‚As Time Goes By'. Ich erreiche Laszlo nicht so früh."

„Ich!", sagte Frank sofort. „Ich spiele Keyboard in einer Band. Ich würde das sehr gerne für euch machen. Es wäre mir eine Ehre."

„Oh, das ist schön … danke, danke. Und – könntest du mich abholen?"

„Klar. Wird Esther auch da sein?", fragte Frank, auffallend neugierig.

„Natürlich. Wir müssen vorsichtig zueinander finden, nach all dem heute … Ich kann es kaum fassen. Ich bin so hilflos wie nie zuvor. Gute Nacht, Frank – und danke."

Er legte auf. Startete den Motor. Und fuhr nach Heidelberg zurück.

Wie er dort ankam, ob er auf Verkehrszeichen und Ampeln geachtet hatte – er konnte sich später nicht mehr daran erinnern.

Kapitel 10

Marilyns Angebot

Allister ließ sich mit dem Taxi ins Küchengässchen zurückbringen, nachdem er den Mietwagen abgegeben hatte. Ein zutiefst erschütterter Mensch saß auf der Rückbank. Als sie ankamen, drehte sich der Fahrer zu ihm um und sagte:

„Irgendwie kumm' Se mir bekannt vor. Sin Se net aus England? Un sin Se net schunnemol vun mir ins Küchegässel gefahre worre? Des muss awer schunn e paar Johr her sei, glabb isch."

„Ja", antwortete Allister mit müder Stimme. „Das war vor ziemlich genau vier Jahren."

„Hawe Se gfunne, was Se domols gsucht hawe?"

„Ja – heute habe ich es gefunden. Und heute fast schon wieder verloren", murmelte Allister und stieg rasch aus, um weiteren Gesprächen zu entgehen.

„Wonn Se misch mol widder brauche – isch heb die Taxinummer 42!", rief ihm der Fahrer noch hinterher.

Als Marilyn Sam auf dem Treppenabsatz sah, erschrak sie. Er sah furchtbar aus.

„Was ist passiert? Du hast dich nicht mehr gemeldet, seit du heute früh los bist. Ich hab mir Sorgen gemacht."

Sam war kaum fähig zu sprechen. „Ich muss erst mal duschen … dann komm ich rüber in die Küche. Vielleicht kannst du mir einen Whisky einschenken? Ich brauch was Kräftiges."

Gut eine halbe Stunde später saß er ihr gegenüber. Marilyn hatte ein kleines Vesper vorbereitet. Erst jetzt fiel Sam auf, dass er den ganzen Tag nichts gegessen hatte. Nach einem kräftigen Schluck Whisky begann er zu erzählen – wie in einem Rausch, als hätte sich ein innerer Knoten gelöst. Marilyn hörte schweigend zu. Obwohl sie gern zwischendurch etwas gefragt hätte, biss sie sich auf die Lippen.

Erst als seine Worte versiegten und er das letzte Brot gegessen hatte, sagte sie leise:

„Sam, ich bin gleichzeitig maßlos traurig und glücklich über das, was du heute erlebt hast. Über dir wurde ein ganzes Füllhorn an Emotionen ausgeschüttet. Ich bin sprachlos … weiß gar nicht, wie ich dir helfen oder dich trösten könnte."

Mittlerweile war es weit nach Mitternacht. Sie verabschiedeten sich mit einer Umarmung – inniger und länger als sonst.

Am nächsten Morgen, Punkt acht Uhr, klingelte Sams Handy. Er hob ab und meldete sich.

„Guten Tag, Herr Allister. Ich rufe aus dem Büro des Hospizes an – Frau Esther Klingspoor lässt Ihnen ausrichten, … dass ihre Mutter … heute Morgen nicht mehr aufgewacht ist. Es tut mir sehr leid. Mein aufrichtiges Beileid. Frau Klingspoor wird Sie später persönlich anrufen."

Zum Glück saß Marilyn gerade mit ihm am Frühstückstisch. So musste er diesen Moment nicht allein durchstehen – ein Moment, der den vorigen Tag an Tragik noch übertraf.

„Oh Schicksal, was hast du doch für eine hässliche Fratze …", stieß er mit gebrochener Stimme hervor. Marilyn stand auf, setzte sich zu ihm und nahm ihn in den Arm. Sam konnte seine Tränen nicht mehr zurückhalten. Schluchzend und bebend saßen sie minutenlang beieinander.

„Die Zeit ist vorbei ... jetzt schon zum zweiten Mal in meinem Leben", flüsterte er.

In diesem Moment dachte er an Murielle. Was würde sie wohl sagen?

Marilyn löste sich schließlich aus der Umarmung, stand auf, wollte irgendetwas tun – alles war besser, als tatenlos danebenzusitzen.

„Ich muss Frank anrufen ... er muss heute nicht mehr spielen", murmelte Sam und verschwand in sein Zimmer, um Frank vom Tod seiner Lilian zu erzählen.

Die Urnenbeisetzung fand im kleinen Kreis statt. Lilian hatte mit Esther alles organisiert, nur die Musik und die Predigt mussten noch arrangiert werden.

Am Tag der Beerdigung spielte Frank drei Stücke, die sich Lilian gewünscht hatte: ‚Amazing Grace', ‚As Time Goes By' und ‚Gute Nacht, Freunde, es wird Zeit für mich zu geh'n' von Reinhard Mey, den sie so verehrte. Esther sang die Lieder leise mit – sie hatte die Texte für diesen besonderen Moment selbst umgedichtet.

Das gemeinsame Üben mit Frank hatte die beiden einander nähergebracht – eine neue Freundschaft war entstanden.

Als die Urne im Boden versank, rauschte Sam sein ganzes Leben durch den Kopf. Die Erkenntnis, dass alles einmal endet, war nicht neu – aber jetzt fühlte sie sich mit erschütternder Klarheit noch mal neu an.

In diesem kleinen Gefäß, das sich bald in Erde verwandeln würde, löste sich alles auf: Liebe, Erlebnisse, Erkenntnisse, Gespräche, unausgesprochene Worte, Sorgen, Hoffnungen. Kein neuer gemeinsamer Morgen würde mehr anbrechen – nur die Erinnerung blieb. Zum Glück konnte man die nicht löschen, sie wird immer schöner und heller.

Nach der Zeremonie fühlte sich Sam wieder so hilflos wie damals, vor vier Jahren, als er Murielle verlor. Die Frage kehrte zurück: Wie soll es weitergehen?

Doch der Gedanke verflog, als Esther ihn von hinten unterhakte und mit ihm zum Ausgang ging.

Ein Déjà-vu. Diesmal war es seine Tochter, die ihn stützte – nicht Winny. Und in diesem Moment begriff er: Es gibt doch ein neues Lebensziel. Esther war jetzt da. Sie war die neue Zuversicht. Es galt, sie kennenzulernen – vielleicht ein gemeinsames neues Kapitel zu beginnen.

„Wann fährst du zurück nach Oxford, Dad?", fragte sie plötzlich. Ihre Stimme zögerlich, das Wort Dad noch ungewohnt auf ihren Lippen.

„Morgen", sagte Sam. „Aber ich komme bald wieder. Wir haben so viel aufzuholen. Ich freu mich darauf, dich richtig kennenzulernen – mein Mädchen." Er lächelte.

Am Abend saß er wieder mit Marilyn in der Küche. Gemeinsam ließen sie Revue passieren, was in den letzten Wochen, Tagen und Stunden geschehen war.

Plötzlich fragte Marilyn:

„Was machst du eigentlich, wenn du wieder zu Hause in Oxford bist?"

Sam schwieg. Oxford – das fühlte sich so weit weg an, so unwirklich und fremd nach dieser Zeit und diesen dramatischen Erlebnissen.

„Ich weiß es nicht", sagte er leise. „In Oxford wartet niemand auf mich."

Stille. Dann überraschte Marilyn unvermittelt:

„Dann bleib doch in Heidelberg. Bleib bei mir."

Es klang wie Murielles damals „Dann geh doch nach Heidelberg" nur mit anderen Vorzeichen, mit neuer Hoffnung.

Sam starrte sie fassungslos an.

„Das meinst du ernst? Du meinst … für immer? Wir beide – hier, in deiner Wohnung im Küchengässchen? Oder in einem kleinen Haus mit Garten?"

Sie nahm seine Hände, blickte ihn schelmisch an und sagte mit übertriebener Ernsthaftigkeit:

„Guuuut … ich würde dadurch natürlich die Einnahmen aus der Untervermietung verlieren, aaaber – ich würde einen Mann gewinnen, der mir sehr ans Herz gewachsen ist." Dann küsste sie seine Hände.

Sam wusste nicht, was er tat. Er sprang auf, trat hinter sie, nahm ihr Gesicht in die Hände, küsste sie auf die Stirn – und verließ wortlos den Raum.

Schon wieder eine neue Situation. Schon wieder ein Gefühlssturm. Schon wieder neue Entscheidungen. Schon wieder …

Hatte er nun eine Tochter und eine Frau an seiner Seite, die er lieben konnte? Er fiel erschöpft aufs Bett – und ließ den Tränen freien Lauf.

Noch in derselben Nacht stornierte er seinen Rückflug. Er wollte bleiben. Um Zeit zu haben – mit Marilyn. Mit Esther. Mit Frank. Um das Geschehene

„Lilian und ihre sieben Kinder" – Koniferenterrasse im Schlosspark

zu verarbeiten. Und um über das Kommende nachzudenken.Vielleicht auch, um die Trauer zuzulassen, bevor er sich im Alltag fand.

Tage später saßen Vater und Tochter im „Roten Ochsen" beim Mittagessen. Der Ort, an dem so vieles geschehen ist. Danach stiegen sie gemeinsam zum Schloss hinauf. Der Weg durchs Friesental – früher der Pfad seiner großen Liebe – wurde jetzt zu einem Kennenlernpfad zwischen Vater und Tochter. Nur, dass Sam inzwischen öfter Pausen brauchte.

Eigentlich wollten sie – wie einst Lilian und Sam – in einem der hohen Bögen der Scheffelterrasse sitzen. Doch der Zugang war inzwischen gesperrt. Also schlenderten sie stattdessen nach rechts, durch den unteren Schlosspark, die Koniferenterrasse – dorthin, wo Bäume Kinder bekommen, die Sam damals spaßeshalber „Lilian und ihre sieben Kinder" nannte.

Für sie waren diese Bäume mehr als nur ein witziger Vergleich – sie waren ein Sinnbild ihres Lebenstraums: Sie hatte sich immer gewünscht, eines Tages sieben Kinder zu haben. In der Mitte die Mutter – und jeder neue Trieb ein Kind. Aus derselben Wurzel gewachsen, und doch war jedes ein einzigartiges Geschöpf Gottes. Jeder Stamm ein eigener Lebensweg, ein individuelles Schicksal – unverwechselbar wie das Leben selbst. Esther musste lachen bei dem Gedanken, noch sechs Geschwister zu haben.

Sie lief voraus, drehte sich immer wieder um, winkte, lachte. Sie sprang über Baumwurzeln, tanzte zwischen den Koniferen, als sei das alles hier ihr Privatwald. Sam lächelte still. Ihre Unbeschwertheit war ein Geschenk – das wusste er. Doch sie war auch eine Mahnung: dass Zeit vergeht, dass man loslassen muss, irgendwann.

Sie erreichten eine kleine Bank am Rande des Gartens. Die Sonne stand tief, tauchte die Nadelbäume in ein warmes Gold.

„Ich will noch weiter rauf!", rief sie, zeigte in Richtung der alten Mauern.

„Du kannst bis zum großen Tor da vorne", sagte Sam. „Ich bleibe hier sitzen und zähle langsam bis hundert." Er lachte. Sie nickte, nahm Anlauf – und war verschwunden.

Er atmete tief durch. Für einen Moment war alles still. Kein Lachen, kein Rufen. Nur das Rauschen des Windes in den Zweigen der Nadelbäume, das wie ein fernes Summen von Hummeln klang.

Dann stand er auf. Ohne zu wissen, warum, trug ihn der Weg bergauf, weg vom Koniferengarten, über das Mauerstück, vorbei an Goethes Denkmal und Bank zu der großen Grotte. Die Treppe hoch auf die obere Terrasse war schon beschwerlich. Und plötzlich lag sie vor ihm. Die Ellipsentreppe.

Fast könnte man sie übersehen – wie so vieles, das sich nicht laut in den Vordergrund drängt. Kein Geschrei, keine Erklärtafel, kein „Hier beginnt der sentimentale Teil deines Lebens". Nur diese geschwungenen, steinernen Linien im Hang, leicht verwittert und schön wie ein vergessener Satz des Hortus Palatinus.

Er stieg langsam hinauf. Stufe für Stufe, wie durch eine Zeit, die sich nicht mehr zurückholen lässt. Auf halber Höhe blieb er stehen. Da war dieser Blick – der berühmte, der unvergleichliche: über die Dächer der

„Die Ellipsentreppe mit ihrem geschwungenen Lauf – kein Kreis, keine Gerade, sondern eine ovale Spirale

Altstadt, den schimmernden Fluss, das spitze Dreieck der Heiliggeistkirche, das sich hochreckte wie eine Frage.

Der Brief von Murielle war noch in seiner Jackentasche. Viele Male hatte er ihn gelesen. Und doch verstand er nur eines: dass etwas zu Ende war. Und dass etwas anderes beginnen musste – auch wenn er noch nicht wusste, wie es weitergeht.

Vielleicht war es das, was sie ihm hatte zeigen wollen. Nicht direkt, nicht mit Worten. Sondern mit diesem Ort. Mit dieser eleganten Treppe und ihren kleinen Wasserbecken an jeder Seite. Eine Treppe, die nirgends wirklich hinführte – und doch irgendwohin.

Kein Trost. Keine Antwort. Nur Hoffnung, und das Gefühl, dass da, wo die Ellipse endet, das Leben weitergeht.

Dann trafen Vater und Tochter sich wieder bei der Bank im Koniferengarten und berichteten sich, was sie eben gesehen und erlebt haben und dann über ihr Leben bis zu diesem Moment.

Esther erzählte. Sam fragte. Sam erzählte. Esther fragte. So ging es lange Zeit hin und her. Ein ständiger, intensiver Wechsel. Sam wollte vor allem eines wissen:

„Warum seid ihr damals aus Berlin fort? Warum gerade hierher in die Nähe von Heidelberg?"

„Als meine Großmutter starb, war meine Mutter in Berlin plötzlich eine Außenseiterin – allein mit unehelichem Kind. Ein Skandal. Ich galt als Bankert.

Sie ist eines Tages mit mir in den Zug gestiegen, einfach so, nach Heidelberg. In der Hoffnung, dich zu finden. Aber sie hatte kein Glück.

Irgendwann saßen wir im „Roten Ochsen." Die Wirtin erinnerte sich zwar an euch, aber hatte keine Adresse oder sonstigen Informationen in England.

Im Gespräch sagte meine Mutter, dass sie weg wolle aus Berlin. Vielleicht nach Heidelberg – um hier als Anwältin neu anzufangen. Aber die Kosten für Wohnung und Kanzleiräume waren für eine alleinerziehende Mutter nicht finanzierbar.

Die Wirtin überlegte kurz und fragte dann, ob sie sich auch vorstellen könnte, in einer kleineren Stadt in der Nähe zu leben.

Und so kam Wiesloch ins Spiel. Eine Freundin der Wirtin hatte dort ein Haus frei – wäre ideal für eine Kanzlei, meinte sie.

„Ja, und so sind wir dort gelandet."

Sam lauschte aufmerksam. Esther erzählte von ihrer Kindheit, ihrer Schulzeit, ihrem Studium in Heidelberg – ganz wie ihre Mutter.

Erst jetzt erfuhr Sam, dass sie wie Lilian Rechtswissenschaften studiert hatte – und heute in der Rechtsabteilung eines großen Softwareunternehmens arbeitete.

Inzwischen war es dunkel geworden. Sie machten sich auf den Rückweg durchs Friesental. Und Sam erzählte von dem Halstuch. Von jener Nacht. Von seinem Rückweg zur Scheffelterrasse. Sie gingen noch zur Alten Brücke runter, um noch mal die ganze Schönheit Heidelbergs von hier aus zu genießen.

Helmdach des Brückentores der Alten Brücke, wundervolle Handwerkskunst

Kapitel 11

Jimmy

Sam informierte Esther am Morgen telefonisch über seine neuen Pläne mit Marilyn und darüber, dass er in Heidelberg bleiben werde. Am anderen Ende der Leitung quittierte sie das mit einem Freudenschrei.

Bald darauf reiste Sam nach Oxford, um seine Angelegenheiten zu regeln, das Haus zu verkaufen und sich von den Nachbarn zu verabschieden.

Natürlich gehörte auch ein Besuch bei Murielle auf dem Friedhof dazu. In den frühen Morgenstunden war er dort ganz allein. So konnte er in aller Ruhe an ihrem Grab von den jüngsten Heidelberger Episoden berichten – von all dem, was durch ihren Brief ins Rollen gebracht worden war. Mit leiser Stimme erzählte er, dass ihre Vorsehung tatsächlich eingetroffen sei: Er hatte Lilian wiedergetroffen – nur um sie gleich am nächsten Tag wieder zu verlieren. Mit feuchten Augen dankte er Murielle für ihr letztes Geschenk und sprach davon, dass er eine neue Liebe gefunden habe: Marilyn. Ihretwegen wolle er Oxford den Rücken kehren und in Heidelberg bleiben.

Er erzählte auch von Esther, seiner geschenkten Tochter, und wie sehr er es bedaure, dass Murielle ihr nie begegnen durfte. Zum Abschied sagte er, dass sich nun Winny um die Grabpflege kümmern werde. Sam stellte ein ewiges Licht auf den Grabstein, an dem er ein kleines Heidelberger Wappen aus Bronze befestigt hatte, und versprach, wiederzukommen – vielleicht sogar gemeinsam mit Marilyn. Dann kehrte er endgültig nach Heidelberg zurück, um ein – sein – neues Leben zu beginnen.

In der Zwischenzeit hatten Esther und Frank zueinandergefunden und beschlossen, zu heiraten. Auch Sam und Marilyn hatten sich – wenn auch spät – entschieden, fortan als Ehepaar durchs Leben zu gehen.

Die Doppelhochzeit fand im Standesamt des Heidelberger Rathauses statt. Danach wollten sie eigentlich vor der Max-Bar auf der Straße einen kleinen Sektumtrunk veranstalten. Sie waren nur zu sechst – eine Kollegin von Esther und ein alter Freund Franks waren als Trauzeugen dabei.

Den eigentlichen Festabend hatten sie für den „Roten Ochsen" vorgesehen. Doch das Wetter machte ihnen einen Strich durch die Rechnung. Es regnete in Strömen, der Wind peitschte durch die Gassen und das angekündigte Unwetter nahm seinen Lauf. So beschlossen sie, das Essen auf den nächsten Tag zu verschieben.

Esther und Frank, begleitet von den Trauzeugen, gingen auf dem Weg zur Tiefgarage kurz beim „Ochsen" vorbei, um den neuen Termin zu vereinbaren. Sam und Marilyn machten sich zu Fuß auf den Heimweg durch die Pfützen der Unteren Straße. Ihr großes Regenschirmmonster stemmte sich tapfer gegen den Wind – und brachte sie halbwegs trocken ins Küchengässchen zurück.

Sie bemerkten nicht, dass auf der gegenüberliegenden Seite, im dunklen Schatten eines Nachbarhauses, ein Mann im Trenchcoat stand. Er hatte ihnen halb den Rücken zugewandt, den schwarzen Hut tief ins Gesicht gezogen. Sam schüttelte gerade kräftig den Regenschirm aus, da erklang – halb ins Klatschen des Regens, halb in den Sturm hinein – eine markant fragende Männerstimme:

„Marilyn?"

Marilyn, eben noch dabei, die Haustür aufzuschließen, zuckte erschrocken zusammen. Die Stimme – diese warme, tiefe Stimme mit dem amerikanischen Akzent – erkannte sie sofort. Ihr Kopf fuhr herum, ihr Blick durchbohrte das Dunkel, dann stieß sie ungläubig hervor:

„Jimmy?", und gleich darauf noch einmal aufgewühlt: „Jimmy? Jimmy Fitzgerald, du treuloser Ami, bist du's? Was willst du?"

Ein großer Mann bewegte sich langsam, ein Bein nachziehend, auf sie zu.

„Yes, it's me."

Als Sam das hörte, sah er Marilyn an. Für einen flüchtigen Moment begegneten sich ihre Blicke – fragend, tastend. Ihn beschlich eine böse Vorahnung.

Marilyn schloss die Tür auf und bat Jimmy hastig herein, damit er aus dem Regen kam. Sam folgte, mit einer unsichtbaren Faust im Herzen.

Blitzartig kreisten seine Gedanken um die eigene Geschichte: Der ist bestimmt, wie ich damals, auf der Suche nach seiner alten Liebe. Der will nachsehen, ob sie noch frei ist, ob er noch eine Chance hat. Der hofft, wie ich damals in Berlin bei Lilian. Aber alles kam anders als er es sich ausmalte.

In einem holprigem Deutsch begann Jimmy mühsam sein Anliegen zu erklären:

„Marilyn, glaub mir, ich wäre nicht gekommen, wenn ich nicht in einer Notlage wäre. Ich könnte vielleicht deine Hilfe brauchen. Ich wollte …"

Marilyn unterbrach ihn: „Du kannst ruhig Englisch sprechen. Sam ist Engländer und versteht dich."

„Thanks", atmete Jimmy auf und fuhr nun in seiner Sprache fort:

„Meine Frau ist vor zwei Jahren gestorben. Jetzt wollte ich meiner Tochter Europa zeigen – vor allem Heidelberg, wo ich damals stationiert war. Wir wohnen im Hotel „Perkeo". Gestern wollte Ellen eine Schifffahrt nach Neckargemünd machen, aber ich hatte keine Lust mitzukommen. Ich wollte allein in Erinnerungen schwelgen … auch an uns. Ich dachte, du wärst mir wahrscheinlich nicht wohlgesonnen, und deshalb wäre ich auch nicht einfach bei dir aufgetaucht.

Direkt nach meiner Dienstzeit hier wurde ich nach Vietnam eingezogen. Dort habe ich leider mein Bein verloren." Dabei klopfte er mit der Faust auf seine Prothese. „Ich kam als seelisches und körperliches Wrack zurück. Was hätte ich dir bieten können? Ich musste erst lernen, wieder ein normales Leben zu führen – fern vom Militär. Du kannst dir nicht vorstellen, was wir jungen Männer dort alles durchgemacht haben.

Und jetzt … meine Tochter. Auch Ellen wollte mal für sich sein – sie hat sich kürzlich von ihrem Freund getrennt. Sie liebt Geschichte, im Gegensatz zu mir. Also gingen wir getrennte Wege: Ich in die Stadt, sie aufs Schiff.

Sie hätte am Nachmittag zurück sein sollen – aber sie kam nicht. Die Schiffsbesatzung meinte, sie habe sie auf der Rückfahrt nicht gesehen. Vielleicht, dachte ich, ist sie mit dem letzten Schiff gekommen. Aber auch da war sie nicht dabei. Jetzt stehe ich hier – im Regen, ohne Sprachkenntnisse, voller Sorge. Könntet ihr mir helfen?"

„Ja", sagte Marilyn leise, „Sam ist mein Mann – wir haben gerade vor ein paar Minuten geheiratet", fügte sie mit leiser Entschlossenheit hinzu. Dann platzte es aus ihr heraus: „Du kamst ja nie zurück." Sie spürte sofort, dass dieser Vorwurf in diesem Moment fehl am Platz war, und murmelte: „Sorry, das war jetzt nicht nötig. Außerdem ziehen wir ohnehin bald um, du hast Glück, uns noch hier anzutreffen."

Sam hatte bislang geschwiegen. Jetzt, da er Jimmys Beweggründe kannte, wurde er aktiv – mit einer Entschlossenheit, die Marilyn bisher nicht an ihm kannte.

„Wir müssen zur Polizei. Wenn deine Tochter über Nacht nicht zurückkam, ist das ernst. Ich war früher bei der Kriminalpolizei in Oxford – vielleicht kann ich helfen. Aber zuerst brauche ich ein paar Angaben."

In der Küche setzten sie sich. Sam holte Block und Stift. Routiniert stellte er Fragen, schrieb mit: Alter, Aussehen, Haarfarbe, Kleidung, Vorlieben, Handy, Fotos. Marilyn betrachtete Sam mit neuem Blick. Es war, als hätte sich eine Tür in seiner Vergangenheit geöffnet, die sie für längst abgeschlossen hielt.

Seit seiner Pensionierung hatte Sam seinen Beruf förmlich mit Nägeln an die Wand geschlagen – ein für alle Mal. Zu viel Dunkelheit, zu viele seelische Abgründe und kriminelle Taten hatten ihn während seiner Laufbahn begleitet. Er war damit fertig.

Unwetter braut sich über der Rheinebene zusammen – der Neckar, das wilde Kind, strebt noch in Ruhe zum Mee

Marilyn saß still daneben, zwischen Vergangenheit und Gegenwart zerrieben. Tränen stiegen ihr in die Augen. Sie erkannte, wie sehr sie Jimmy all die Jahre Unrecht getan hatte – und wie unangebracht ihr Vorwurf von eben war.

Jetzt gab es nur noch ein Ziel: Ellen finden. Warum war sie nicht zurückgekommen? Was war passiert? Warum kein Anruf, kein Zeichen?

„Sie hat heute Morgen ihr Handy im Hotel vergessen", sagte Jimmy bedrückt. „Sie spricht kein Wort Deutsch – aber man kommt doch mit Englisch in Deutschland irgendwie durch. Oder?"

Man vereinbarte, sich am nächsten Morgen erneut zu treffen – und dann gemeinsam zur Polizei zu gehen, falls Ellen bis dahin nicht zurückgekehrt war.

Jimmy beschloss, trotz des Wetters zum Hotel „Perkeo" zurückzukehren, falls Ellen dort auftauchen würde, wollte er da sein.

Draußen tobten Sturm, Regen, Hagel und Blitze – ein apokalyptisches Szenario bahnte sich an. Die Stadt verdunkelte sich und der Sturm wirbelte alles, was nicht niet- und nagelfest war, durch die Luft. Es war äußerst riskant, jetzt noch auf der Straße zu sein.

Kapitel 12

Why not?

Nachdem das Schiff angelegt hatte, machte sich Ellen auf den Weg in die Innenstadt von Neckarsteinach. In der Touristeninformation schnappte sie sich einen Prospekt über die Sehenswürdigkeiten der Region. Darin las sie von den vier Burgen und vom Dilsberg, den sie bereits vom Wasser aus bewundert hatte. Spontan entschied sie sich, den steilen Hügel zu erklimmen – so etwas kannte sie aus Amerika nicht.

Der Aufstieg hatte es in sich. Keuchend und mit weichen Knien kam sie schließlich oben an. Sie schlenderte durch den kleinen Ort, gönnte sich in der Chocolaterie bei Eva Heß ein süßes Stück Torte und eine heiße Schokolade. Eine wohlverdiente Belohnung.

Beim Rundgang auf dem Burgfried nahm sie sich viel Zeit. Neben den vier Burgen auf der anderen Neckarseite entdeckte sie auch in Dilsberg den Turm, den man gegen Eintritt besteigen konnte. Ohne lange zu überlegen, kaufte sie ein Ticket und kletterte bis zur Aussichtsplattform hinauf. Der Ausblick war atemberaubend: Der Neckar windet sich durch das Tal, und unten konnte sie die Fracht- und Ausflugsschiffe auf dem Neckar erkennen.

„Oh, my god, shit!", entfuhr es ihrem Mund plötzlich ungehemmt und laut.

Das war ihr Schiff da unten, das gerade in Richtung Heidelberg zurückfuhr. Sie hatte völlig die Abfahrtszeit vergessen – und bis zur Anlegestelle hätte sie auch erst noch den Berg runterlaufen müssen.

„What do I do now?", flüsterte sie erschrocken.

Ein junger Mann, der neben ihr stand, hatte ihre Worte gehört. Er lächelte und fragte auf Englisch:

„What happened? Can I help you?"

„Oh, you speak English?! Yes – I just missed my boat back to Heidelberg. I should be on it now … but I completely lost track of time."

„Are you a tourist in Heidelberg?"

„Yes, I don't speak German, and now I have no idea how to get back. I'm kind of lost."

„Weißt du was? Mache dir keine Sorgen, du bist nicht verloren", sagte der junge Mann auf Englisch weiter, „lasse uns erst noch diesen wunderbaren Ausblick genießen. Danach kann ich dich mit meinem Auto nach Heidelberg bringen, natürlich nur, wenn du möchtest."

„Das wäre ganz wundervoll", sagte Ellen sichtlich erleichtert über diese Möglichkeit.

„Ich bin übrigens Journalist bei der Lokalzeitung", erklärte er, „und gerade auf Recherche für einen Artikel über historische Besonderheiten in der Region. Ich suche noch nach einer interessanten Geschichte – oder zumindest nach einer tollen Story."

„Dann bist du ja bei mir genau richtig. Ich studiere Archäologie und Geschichte an der Harvard. Ich liebe europäische Geschichte – wir in den USA haben ja leider nur eine noch relativ kurze."

„Sehr gut! Dann fangen wir doch gleich hier an. Mein Name ist übrigens Pierre Peterson – aber bitte nenne mich einfach Pierre."

„Ich bin Ellen."

Und so begann Pierre zu erzählen. Von den vier Burgen, von Raubrittern, die Schiffe auf dem Neckar mit Sperrketten anhielten, um Zoll zu erpressen. Von Intrigen, Kämpfen und Erbschaften, um die sich die Adelsgeschlechter stritten.

Ellen hörte gebannt zu. Die Namen und Jahreszahlen flogen ihr nur so um die Ohren.

„Da wusste in Amerika noch niemand, dass es Europa überhaupt gibt", murmelte sie zwischendurch leise und ließ Pierre weiter erzählen.

Dann setzte plötzlich Regen ein.

„Komm, ich zeige dir jetzt noch etwas ganz Besonderes – und das ist sogar überdacht", grinste er.

Sie stiegen vom Turm und Pierre holte an der Kasse einen Schlüssel ab, für den er ein Pfand hinterlegen musste. Ellen wunderte sich. Ein Schlüssel? Ein Pfand? Was hatte er vor? Wieso hatte sie sich da eigentlich auf einen wildfremden Mann eingelassen?

Sie folgten einem schmalen Pfad bergab. Der Boden und die Treppenstufen waren rutschig. Immer wieder reichte Pierre ihr helfend die Hand. Dann standen sie vor einer Treppe und einer verschlossenen Tür, die direkt in den Felsen führte.

„Jetzt musst du dich etwas ducken – und nicht erschrecken, wenn uns Fledermäuse entgegenflattern", grinste er. Ellen schluckte. Das Licht war spärlich, der Gang niedrig und roh in den Fels gehauen. Doch sie wagte sich hinein – nicht ohne seine Hand zu fassen.

Am Ende des Stollens öffnete sich eine kleine Halle mit einem unterirdischen Wasserbecken – ein Trinkwasserspeicher aus alten Zeiten, wenn die Burg belagert wurde. Tropfen fielen leise in das Becken, und in der Stille hallte ihr Klang gespenstisch wider. Als sie wieder ins Tageslicht traten, atmete Ellen tief durch, aber strahlte übers ganze Gesicht.

„Danke", sagte sie. „Das war großartig – ganz nach meinem Geschmack. Wenn ich das meinen Kommilitonen erzähle, werden sie staunen."

Pierre brachte den Schlüssel zurück und ging mit Ellen durch das Stadttor von Dilsberg hinunter zu seinem Auto.

Auf dem Weg nach Heidelberg erzählte er weiter: von Dichtern, Denkern, Klöstern und alten Villen.

„Hast du Lust, mit mir ins Kloster zu gehen?", fragte er irgendwann.

„Gerne", erwiderte Ellen lachend. „Männer-, Frauenkloster – oder gemischt? Was bietest du mir?"

Im Stift Neuburg erzählte er ihr von Mönchen, Nonnen – und Literaten, die hier einst verkehrten. Dann deutete er auf einen Felsvorsprung auf der gegenüberliegenden Neckarseite.

„Siehst du dort oben die steile Felsnase?"

Ellen suchte einen Moment, dann nickte sie.

„Dort ist – beziehungsweise war früher – die Teufelskanzel. Der Sage nach hielt der Teufel dort sonntags verlockende Predigten, um die Leute vom Kirchgang abzuhalten – jene, die mit ihren Booten von Heidelberg hochkamen. Als es ihm nicht gelang, schleuderte er vor Wut Felsbrocken bis hinunter nach Heidelberg in den Neckar. Die wurden dann ‚Hackteufel' genannt – und sind bis heute eine Gefahr für die Schifffahrt."

Sie fuhren in Ziegelhausen über den Neckar, weiter, den Berg hinauf durch den Wald, bis sich die Bäume lichteten und ein altes Restaurant auftauchte.

„Das ist der Wolfsbrunnen – einst ein Jagdschlösschen der Kurfürsten. Hier soll die Seherin Jet-

Teufelskanzel gegenüber Stift Neuburg

ta von Wölfen zerfleischt worden sein. Seitdem steht da unten im See zur Strafe der Wolf mit nassen Pfoten im Teich und kann nicht mehr weg", sagte Pierre und lächelte verschmitzt.

Über den Schloss-Wolfsbrunnenweg ging es vorbei an altehrwürdigen Villen und verwunschenen Parks – Orte mit großer Tradition und bekannten Namen.

„Nach dem Krieg lebten hier viele amerikanische Offiziere", erzählte Pierre.

„In dem Haus dort wohnte einst meine Tante Adelheid." Er deutete auf ein Eckgebäude, das idyllisch im Schweizer Stil erbaut war – mit Fachwerkaufbauten, blumengeschmückten Balkonen und eingebettet in einen alten Park.

Nach einer langen, halbhohen Mauer hielten sie schließlich vor einer repräsentativen Einfahrt zu einer prächtigen Villa.

„Das ist die Villa Bosch", sagte Pierre. „Sie gehörte einem Nobelpreisträger der chemischen Industrie. Nach dem Krieg residierte hier General Dwight D. Eisenhower bevor er später euer 34. Präsident wurde."

In diesem Moment verdunkelte sich der Himmel. Ein greller Blitz zuckte über das Land, erhellte gespenstisch die Szenerie – dann ein Donnerschlag, so gewaltig, dass einem Hören und Sehen verging.

Sturm kam auf, und prasselnder Regen setzte ein. „Schnell, komm! Wir fahren zurück ins Gärtnerhäuschen meiner Tante!", rief Pierre, wendete den Wagen und fuhr zurück. Sie flüchteten in die kleine Hütte am Rande des Parks – durchnässt bis auf die Haut. Zwischen alten Brettern, wackeligen Stühlen, verstaubten

Gärtnergeräten und einem muffigen, von Spinnweben bedeckten Perserteppich suchten sie Schutz.

„Mein Vater wird sich Sorgen machen", seufzte Ellen. „Er weiß nicht, wo ich bin."

„Hast du kein Handy?"

„Nein – das liegt im Hotel. Hab ich dummerweise vergessen. Seine Nummer weiß ich nicht auswendig."

Der Sturm zerrte am Häuschen. Blätter und Äste schlugen gegen das Dach und rüttelten an den kleinen Fensterscheiben. In einer notdürftig zurechtgerichteten Ecke hatten sie es sich ‚gemütlich‘ gemacht.

Dicht aneinandergedrängt fingen sie an über Gott, das Leben und Freundschaften zu reden.

Ja, sie waren sich sehr sympathisch. Und inzwischen fühlten sie sich wie eine kleine verschworene Gemeinschaft. Da kam das Unwetter gerade recht – um sich näherzukommen.

Sie redeten. Und redeten. Bis sie schließlich, eng beieinander, eingeschlafen waren.

Am Morgen erwachten sie steif vom krummen Liegen. Pierre fuhr mit Ellen in die Stadt zurück.

„In welchem Hotel wohnt ihr eigentlich?"

„Ich weiß den Namen nicht genau. Mein Vater hat es immer ‚Why not‘ genannt."

Pierre runzelte die Stirn. Kein Hotel dieses Namens war ihm bekannt und auch nicht in seinem Handy unter ‚Hotels in Heidelberg‘ auffindbar.

„Komm, wir fragen bei der Polizei am Schlossberg, dort kenne ich den Revierleiter, der kann uns bestimmt weiterhelfen."

Als sie die Tür zum Wachraum öffneten, standen dort Frank, Marilyn, Sam und Jimmy, die gerade eine

Vermisstenanzeige aufgeben wollten. Erleichtert und überglücklich über das Wiedersehen nahm Jimmy seine Tochter in die Arme.

„Du hast mir einen schönen Schreck eingejagt!"

„Pierre!", rief Frank, der seinen Kollegen von der Zeitung erkannte. „Was machst du denn hier – und dann noch mit der vermissten Ellen?"

Nach kurzer Erklärung über die Umstände, wie sie zueinander gefunden haben, fragte Pierre, ob jemand ein Hotel namens ‚Why not' kenne.

Da brach Jimmy in schallendes Gelächter aus.

„Na klar – das ist das Hotel „Perkeo!" Ich hab Ellen erzählt, der Name stamme von dem italienischen Mundschenk des Kurfürsten, der auf die Frage ‚Schaffst du das große Fass leerzutrinken?' immer sagte: Perché no? – Warum nicht? Daraus wurde Perkeo!" Ellen sollte sich das mit ‚Why not' leichter merken können – das war dumm von mir."

Alle lachten herzlich – und Pierre hatte eine großartige Geschichte für seinen Artikel. Er machte die typische Handbewegung, mit der man eine Schlagzeile andeutet, und rief grinsend:

„Eine Amerikanerin in Heidelberg – Why not?"

„Frank, mach schnell ein Foto von uns – das ist der perfekte Aufmacher für meine Serie!"

Am Abend trafen sich alle gut gelaunt im „Roten Ochsen". Endlich konnte gefeiert werden. Laszlo kündigte zuvor noch an, dass es sein letzter Abend im „Ochsen" am Klavier sei. Er müsse aus Altersgründen leider aufhören. So wurde aus Abschied und Neuanfang mit Liedern undMusik ein bewegender, fröhlicher und doch tränenreicher Abend. Zwei von Franks

Band kamen zu später Stunde noch dazu und jazzten die halbe Nacht – ein Abend, wie man ihn nicht vergisst und den es nur einmal geben kann – bis das Pächterehepaar in den frühen Morgenstunden das Licht ausschalten wollte.

Irgendwo in der Redaktion lag ein erfolgreicher Zeitungsartikel mit der Headline:

„Eine Amerikanerin in Heidelberg – Why not?"

Eine Woche später flogen Ellen und Jimmy zurück in die Staaten. Man versprach, in Kontakt zu bleiben, sich zu schreiben – vielleicht sogar zu besuchen. Doch wie so oft im Leben holte jeden der Alltag auf seine Art ein und deckte langsam Vergangenes mit einem Nebelschleier sanft zu.

Nur bei Ellen und Pierre hat es so geknistert, dass Ellen sich überlegen wollte, ein oder zwei Semester in Heidelberg zu studieren. Na, dann. Irgendwie geht es immer weiter. Auch bei Marilyn und Sam. Sie zogen bald aus dem Küchengässchen nach Handschuhsheim in eine größere Wohnung mit Garten.

Sehnsuchtsvoll blickender Knabe am Portal der Uni-Bibliothek

... das wollte ich mir merken!

ANHANG

mit Informationen, Inspirationen
und Liebesbezeugungen
an Heidelberg

HEIDELBERG –
Ich dreh' mich noch einmal nach dir um
Eine Heidelberger Nachkriegskindheit

Erinnerungen an eine schwere, aber auch schöne Zeit in einer der schönsten Städte Deutschlands, der Geburtsstadt des Autors. Er ist ein echter Heidelberger *Sume*
ISDN 978-3-7583-0526-9, € 19,99
Softcover, 240 Seiten, über 260 SW-Fotos

Die ziemlich wahren Abenteuer von
PERKE, PIT & LLOTTE
Drei Heidelberger Originale erobern ihre Stadt und finden Freundschaften mit atemberaubenden Abenteuern und Kämpfen an realen Orten
ISDN 978-3-7528-0235-1, € 12,99
Softcover, 240 Seiten, SW-illustriert, *Band 1*

Die ziemlich wahren Abenteuer von
PERKE, PIT & LLOTTE
Die drei Heidelberger Originale erleben neue Abenteuer in der Stadt und gute Freundschaften in neuen farbigen fotorealistischen Illustrationen an realen Orten mit Stadtplan
ISDN 978-3-7583-0162-9, € 18,99
Softcover, 152 Seiten, illustriert, *Band 2*

BERTHA BENZ IN WIESLOCH
Odyssee einer Idee
Die Geschichte einer Geschichte einer Geschichte vor der ersten Tankstelle der Welt
Die fantastische Story der ersten Fahrt eines Automobils durch die Frau des Auto Erfinders Carl Benz mit ihren beiden Söhnen. Entstehungsgeschichte der Bronze/Edelstahl-Skulptur zum Ereignis von 1888
ISDN 978-3-7504-6960-0, € 9,99
Softcover, 75 Seiten, bebildert

HEIDELBERG DETAILS 1
SUCHE · FINDE · STAUNE

Stadtführer der besonderen Art in einer der schönsten Städte Deutschlands für Menschen mit Liebe zum Detail, Erforschen und lesen von Texten aus der Literatur
ISBN 978-3-7431-0026-8, € 8,99
Softcover, 92 Seiten, mit 40 SW Bildern

HEIDELBERG DETAILS 2
SUCHE · FINDE · STAUNE

Stadtführer der besonderen Art durch eine der schönsten Städte Deutschlands. Für Menschen mit Liebe zum Detail, Erforschen und lesen von Texten aus der Literatur
ISBN 978-3-7431-0041-1, € 8,99
Softcover, 92 Seiten, mit 40 SW Bildern

12 FREUNDE

Das ultimative Freundschaftsbuch für alte und neue Freundinnen und Freunde, mit denen Sie viel verbindet. Ein **BuchBrief** zum Füllen mit den besten Wünschen, mit Erinnerungen und Erlebnissen
ISBN 978-3-7386-0895-3, € 9,99
Softcover, 84 Seiten, zum Ausfüllen

DU WOLLTEST NICHTS! HIER HAST DU'S

Ein Buch für alle, die schon alles haben und sich nichts mehr wünschen (mit leeren Seiten zum selbst Füllen) und einem witzigen Covertext zum Vorlesen
ISBN 978-3-7347-5754-9, € 7,99
Softcover, 144 Seiten, leere Seiten

KLASSENTREFFEN
Kurz und bündig. Fakten von fünfundzwanzig MitschülerInnen abgefragt, aufgeschrieben, festgehalten
ISDN 978-3-7412-2717-2, € 9,99
Softcover, 111 Seiten, zum Ausfüllen

ENDLICH ACHTZEHN!
Glückwunsch! Jetzt kannst du über dich hinauswachsen.

Ein **BuchBrief** von Freunden, Eltern und Geschwistern, die diesen Meilenstein des jungen Lebens festhalten wollen, verbunden mit den besten Wünschen
ISBN 978-3-7386-3885-1, € 9,99
Softcover, 84 Seiten, zum Ausfüllen

LIEBESSCHLOSS – STORY
Ein **BuchBrief** für alle, die ihre Liebesschloss-Story zur Erinnerung für spätere Zeiten aufschreiben wollen, damit von diesem besonderen Moment und dem magischen Ort nichts vergessen wird.
ISBN 978-3-7386-3889-9, € 9,99
Softcover, 84 Seiten, zum Ausfüllen

ICH GEHE. MEINE ERINNERUNG BLEIBT!
Ein **BuchBrief**, in dem persönliche Erinnerungen für die nachfolgenden Generationen festgehalten werden. Oma, Opa, Mutter, Vater – erzählt mir euer Leben, damit ich erfahre woher ich komme.
ISBN 978-3-7386-3894-3, € 9,99
Softcover, 84 Seiten, zum Ausfüllen

Wer sich in Heidelberg
ein wenig orientieren möchte –
oder einfach nur wissen will,
wo genau der „Rote Ochsen" zu finden ist –,
der bekommt auf den nächsten Seiten
Gelegenheit dazu.

Obendrein gibt's ein paar
bekannte Lieder und Gedichte historischer
Liebschaften zur Erbauung –
und einige Verse in
waschechter Kurpfälzer Mundart.
Für alle, die's gern original und
mit Herz mögen.

HEIDELBERG

Heiligenberg ⑧
Klosterruine St. Michael
Aussichtsturm
Heidenloch

Ste
de

NEUENHEIM

Brückenstraße

Bergstraße

Philosophenweg

Uferstraße

Neuenheimer Landst

Theodor-Heuss-Brücke

⑬

< NECKAR

Neckarinsel

⑫

Neckarstaden

Neckarstaden

Unt. Neck.str.

Jubiläums-platz

Stadthalle

Untere Neckarstraße

Brunnengasse

Ziegel-gasse

Karlengasse

Hotel Perkeo ③

Bienenstraße

Bau-amts-garten ④

Bauamtsgasse

Fahrtgasse

⑦
Anatomie-garten

Bismarckstraße

Sofienstraße

Hauptstraße

Akademiestraße

Hauptstraße

Karl-Ludwig-Str.

Café ①

Friedrichstraße

Bismarck-platz

St.-Anna-Gasse

Neugasse

Märzgasse

②

Landfriedstraße

⑤ März-garten

Plöck

Sofienstraße

Plöck

Nadlerstr.

Friedr. Ebert-Platz

Plöck

Schiefforstr.

Bismarckstraße

Friedrich-Ebert-Anlage

Adenauer-Platz

Gaisberg-Tunnel

⑪

Riesensteinweg
(Zickzackweg)

Oberer Gaisbergweg

Riesenstein

Johannes-Hoops-Weg

Aussichtsl

ehem. Stein

Ziegelhäuser Landstraße

Karl-Theodor-Brücke
(Alte Brücke)

Am Hackteufel

stall

Marstallstraße

Gr.Mandelg.

Kl.Mandelg.

Bussemerg.

Dreikönigstraße

Pfaffeng.

Lauerstraße

AmBrückentor.

Steing.

Fischerg.

Semmelsg.

Mönchsgasse

ObereNeckarstraße

Leyerg.

Neckarmünz-platz

Jakobsg.

Hirschberg

Plankeng. Eckefeld

Karlstor

Gasthaus
Roter Ochsen
Hauptstraße 217

Heu-markt

Kirchg.

UntereStraße

Haspelgasse

Heiliggeist-Kirche

Markt-platz

Heiliggeiststraße

Rat-haus

Hauptstraße

Hauptstraße

Hauptstraße

Karls-platz

Sandgasse

Alte Univ.

Augg.

Heug.

Floring.

Krämergasse

Apothekergasse

Mittelbadgasse

Korn-markt

Karlsstraße

Kanzeig.

Universitäts-platz

Merianstr.

Kettengasse

Ingrimstr.

Oberbach

Grabengasse

Jesuiten-Kirche

Neue Universität

Schulgasse

Zwingerstraße

Bremeneckgasse

Bergbahn

Burgweg

Burgweg

Kurzer Buckel

Uni.
bibliothek
⑯

Schloss

Seminarstraße

⑮

UntererFaulerPelz

Peters-Kirche

ObererFaulerPelz

NeueSchlossstraße

NeueSchlossstraße

SCHLOSSBERG-TUNNEL

Schlossberg

Klingenteich

Schloss

⑭

ehemaliger
Tunnelkamin

137

Fröhlicher Musikant im Seegarten, das bekannte Heidelberg-Lied begleitend

ICH HAB' MEIN HERZ IN HEIDELBERG VERLOREN ...

(komponiert von Fred Raymond, Text von Ernst Neubach; aus den 20er-Jahren)

Es war an einem Abend, als ich kaum 20 Jahr'
Da küßt' ich rote Lippen und goldnes, blondes Haar.
Die Nacht war blau und selig, der Neckar silberklar,
Da wusste ich, da wusste ich, woran, woran ich war.

Ich hab' mein Herz in Heidelberg verloren
In einer lauen Sommernacht.
Ich war verliebt bis über beide Ohren
Und wie ein Röslein hat ihr Mund gelacht.

Und als wir Abschied nahmen vor den Toren
Beim letzten Kuss, da hab' ich's klar erkannt,
Dass ich mein Herz in Heidelberg verloren.
Mein Herz, es schlägt am Neckarstrand.

Und wieder blüht wie damals am Neckarstrand der Wein,
Die Jahre sind vergangen, und ich bin ganz allein.
Und fragt ihr den Gesellen, warum er keine nahm,
Dann sag ich Euch, dann sag ich Euch, Ihr Freunde,
wie es kam.

Ich hab' mein Herz in Heidelberg verloren... (Ref.)

Was ist aus Dir geworden, seitdem ich Dich verließ,
Alt-Heidelberg, du Feine, du deutsches Paradies.
Ich bin von Dir gezogen, ließ Leichtsinn, Wein und Glück
Und sehne mich, und sehne mich mein Leben lang zurück.

Ich hab' mein Herz in Heidelberg verloren... (Ref.)

En Sume am alde Nekker, der Nekker iss sei Jagdrevier

HEIDELBERGER SUME-LIED

Oskar Rauscher (1973)

En Sume vun Alt-Heidelberg
Den find'sch in jeder Gass,
Un wenn mer zu mir Sume secht,
Macht mir des immer Schpass.
Der Nekker iss mei Jagdrevier
Dort bei de alte Brick,
Do ankert a mei Binseboot
An Vadders langem Schtrick.

Ich bin en Sume vum alde Nekker,
Voll Lumperei de ganze Wicht,
E grossi Worscht, en Weck vum Becker,
Des isch un bleibt mei Leibgericht.
Die Aache hell mit Sunneschei,
So muß en Nekkerschleimer sei.

(Nekkerschleimer = Neckname für die Heidelberger)

Was guggt ihr dann, ihr liewe Leit?
Was bringt eich aus de Ruh?
Weil ich do mit meim Dascheduch
Mol Sume fange dhu.
Un fall ich in de Nekker nei,
Macht mir des gar nix aus,
Do schwimm ich zu meim Binseboot
Un grawwel widder raus.

Ich bin en Sume vum alde Nekker...
(Refrain)

Kumm ich dann zu de Mudder heem
Ganz bitsche-batsche nass,
Do wird des arme Weiwele
Vor Schrecke leicheblaß.
Hab erscht vum Vadder ich mei Hibb,
Iss alles widder gut,
Weil so en Nekerschleimer halt
Nit unnergehe dhut.

Ich bin en Sume vum alde Nekker...

(Refrain)
Un wenn der Raach is aus de Schtubb,
Gugg ich zum Vadder hie,
Do schmunzelt er schtill in sich nei,
So glicklich wie noch nie;
Ich glaab, dass e Erinnerung
Do an sei Herzel klingt.
Es kann jo a net annerscht sei,
Weil er dann immer singt:

Ich war en Sume vum alde Nekker,
Voll Lumperei de ganze Wicht.
E grossi Worscht, en Weck vum Becker,
Des war un bleibt mei Leibgericht.
Dazu jetzt noch e Vertel Wei,
So muß en Nekkerschleimer sei.

„Sume" Skulptur von Pit Elsasser, ein echter Nekerschleimer

141

EINZUG IN HEIDELBERG

(J. VON EICHENDORFF, 1855)

Doch da sie jetzt um einen Fels sich wandten,
Tat's plötzlich einen wunderbaren Schein,
Kirchtürme, Fluren, Fels und Wipfel brannten,
Und weit in's farbentrunkne Land hinein
Schlang sich ein Feuerstrom mit Funkensprühen,
Als sollt' die Welt in Himmelsloh'n verglühen.

Geblendet sahen zwischen Rebenhügeln
Sie eine Stadt, von Blüten wie verschneit,
Im klaren Strome träumerisch sich spiegeln,
Aus lichtdurchblitzter Waldeseinsamkeit
Hoch über Fluß und Stadt und Weilern
Die Trümmer eines alten Schlosses pfeilern.

Und wie sie an das Tor der Stadt gelangen,
Die Brunnen rauschend in die Gassen gehn,
Und Hirten ferne von den Bergen sangen,
Und fröhliche Gesell'n beim duft'gen Wehn
Der Gärten rings in wunderlichen Trachten
Vor ihrer Liebsten Türen Ständchen brachten.

Der Wald indes rauscht von uralten Sagen,
Und von des Schlosses Zinnen über'm Fluß,
Die wie aus andrer Zeit herüberragen,
Spricht abendlich der Burggeist seinen Gruß,
Die Stadt gesegnend seit viel hundert Jahren
Und Schiff und Schiffer, die vorüberfahren.

In dieses Märchens Bann verzaubert stehen
Die Wandrer still – Zieh' weiter wer da kann!
So hatten sie's in Träumen wohl gesehen,
Und jeden blickt's wie seine Heimat an,
Und keinem hat der Zauber noch gelogen,
Denn Heidelberg war's, wo sie eingezogen.

Einzug nach Heidelberg von Osten

Schöne Brücke, hast mich oft getragen, wenn mein Herz erwartungsvoll geschlagen

ALTE BRÜCKE
(GOTTFRIED KELLER)

Schöne Brücke, hast mich oft getragen,
Wenn mein Herz erwartungsvoll geschlagen
Und mit Dir den Strom ich überschritt
Und mich dünkte, deine stolzen Bogen
Sind in kühnerm Schwunge mitgezogen
Und sie fühlten mein Freude mit.

Weh der Täuschung, da ich jetzo sehe,
Wenn ich schweren Leids hinübergehe,
Daß der Last kein Joch sich fühlend biegt;
Soll ich einsam in die Berge gehen
Und nach einem schwachen Stege spähen,
Der sich meinem Kummer zitternd fügt?

Aber sie, mit anderm Weh und andern Leiden
Und im Herzen andre Seligkeiten:
Trage leicht die blühende Gestalt!
Schöne Brücke, magst du ewig stehen,
Ewig aber wird es nie geschehen,
Daß ein bessres Weib hinüberwallt!

Der Züricher Dichter Gottfried Keller verliebte sich während seines
Studiums in Heidelberg unglücklich in ein Heidelberger Mädchen, in
Johanna Kapp, die Tochter des Politikers und Philosophieprofessors
Christian Kapp. Seinen Liebesschmerz hat er mit diesen Versen der
steinernen Alten Brücke geklagt.

Ginkgo biloba

Dieses Baum's Blatt, der von Osten
Meinem Garten anvertraut,
Gibt geheimen Sinn zu kosten,
Wie's den Wissenden erbaut.

Ist es ein lebendig Wesen?
Das in sich selbst getrennt,
Sind es Zwei, die sich erlesen,
Daß man sie als Eines kennt?

Solche Frage zu erwidern
Fand ich wohl den rechten Sinn;
Fühlst du nicht an meinen Liedern
Daß ich Eins und doppelt bin?

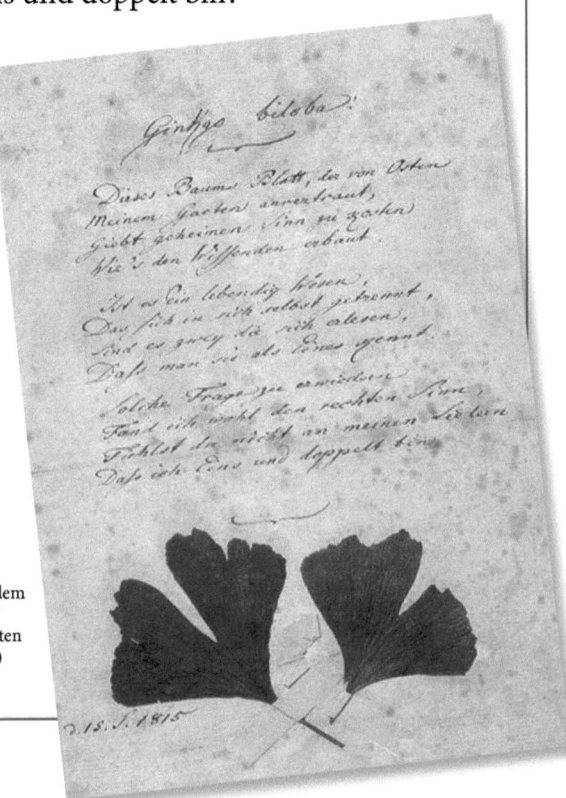

Der Brief Goethes mit dem
Gedicht ‚Ginkgo biloba‘
und den zwei aufgeklebten
Ginkgo- Blättern (1815)
© Goethe Museum

146

Scheffelterrasse

WIDMUNG AN GOETHE

„Auf der Terrasse hoch gewölbten Bogen
War eine Zeit sein Kommen und sein Gehn,
Die Chiffre von der lieben Hand gezogen
Ich fand sie nicht, sie ist nicht mehr zu sehn."

Diese Verse schrieb Marianne von Willemer in Erinnerung an ihre letzte
Begegnung mit Goethe in den Herbsttagen des Jahres 1815 auf dem
Heidelberger Schloss. Sie verweist dabei auf die hohen Bogen unterhalb der
Scheffelterrasse im Schlossgarten.